中国历史故事集

清朝篇

张鸿福 翟鸿珍
著

長江出版傳媒 | 长江文艺出版社

图书在版编目（CIP）数据

中国历史故事集. 清朝篇 / 张鸿福, 翟鸿珍著.
武汉 : 长江文艺出版社, 2025. 6. -- ISBN 978-7-5702-3945-0

Ⅰ. I247.81

中国国家版本馆 CIP 数据核字第 2025MB5020 号

中国历史故事集. 清朝篇
ZHONGGUO LISHI GUSHI JI. QINGCHAO PIAN

责任编辑：田敦国　　责任校对：程华清
封面设计：胡冰倩　　责任印制：邱　莉　王光兴

出版：长江出版传媒 | 长江文艺出版社
地址：武汉市雄楚大街 268 号　　邮编：430070
发行：长江文艺出版社
http://www.cjlap.com
印刷：武汉市籍缘印刷厂

开本：640 毫米×970 毫米　1/16　　印张：9
版次：2025 年 6 月第 1 版　　2025 年 6 月第 1 次印刷
字数：86 千字

定价：25.00 元

目 录

清朝建立

清朝是我国最后一个封建王朝。从开国君主努尔哈赤到末代皇帝溥仪,共经历了十二个皇帝。

清朝建立者的祖先是女真人。女真是个古老的民族,距今有三千多年历史,历史上的金朝就是女真人建立的国家。到了明朝的时候,女真人主要生活在东北一带,分为建州女真、海西女真、东海女真三大部。明朝后期,为了便于控制女真部族,明朝的官员有意在他们之间制造矛盾，让他们互相争斗。当时的女真还处于奴隶社会,各个奴隶主为了抢夺人口、掠夺财富,今天你打我明天我打你,常年不得安宁,女真人活得很艰难。他们都盼着有一个雄才大略的人出来统一女真,结束动荡的生活。

俗话说乱世出英雄,努尔哈赤就是在这乱世中磨炼出来的英雄人物。

努尔哈赤一族属建州女真,他的姓是爱新觉罗,他的姓名全称是爱新觉罗·努尔哈赤。他的父亲是明朝任命的建州左卫都指挥使。他是家里的长子,十岁的时候母亲去世,继母对他和弟弟很不好,十五岁那年他就带着弟弟投奔了外祖父。他的外祖父在建州女真中是一个很有影响的人物，看到明朝军队总是欺负他们，就率领大家和明军打仗。后来有一次他战败了，就被明朝的官员给杀了，努尔哈赤也被俘虏。

明朝的官兵见努尔哈赤还是个半大孩子，就把他放走了。他回家娶妻生子。为了谋生，到各地贩卖人参等药材、山货，爬山过河，去了不少地方，对女真各部族有了不少了解。后来他又投奔明朝辽东总兵李成梁，由于他武艺高强、打仗又勇敢，受到李成梁器重。他喜欢读书，《水浒传》《三国演义》不知读了多少遍。他不仅对书里的故事感兴趣，还对书中的战略、兵谋认真研究，简直是当兵书来读。他又在李成梁府中结识了一帮汉族知识分子，一有空就向他们请教，这使他的眼界和知识都超过了当时许多女真首领。

努尔哈赤在李成梁那里待了四五年。这时候他的舅舅阿台起兵造反，要报当年杀父（也就是努尔哈赤的外祖父）之仇，结果被明军重兵围困。努尔哈赤的祖父和父亲进城劝说阿台投降，不料仇家趁机策动明军攻城，不但阿台被杀，就连努尔哈赤的祖父、父亲都被杀死了。

努尔哈赤十分气愤，责问带兵的明军将领道："我的祖父和父亲进城，是为了帮助官军招降。你们为什么不问青红皂白，把他们也杀害了？"

明军将领自知理亏，对他说："这完全是误会，攻城的士卒把城里的人都当成了叛贼，没弄清楚就把人误杀了。总兵大人也很生气，可是事情已经发生了。总兵已经答应，让你承袭你父亲建州左卫都指挥使的官职，还赔偿一些马匹物资，算是向你赔罪。看在总兵大人的面子上，你就不要再计较了。”

努尔哈赤答应了，但要求把女真仇家交给他。明军将领说：“他们帮助官军平定叛乱，是有功的人，再交到你手上被杀，以后谁还肯为官家效力？事情已经发生了，这件事就算了吧。”

努尔哈赤回到建州，继承父亲的建州左卫都指挥使之职。他发誓要给父、祖报仇。他拿出祖上留下的十三副盔甲，组织了一支小队伍，向仇人发动进攻。他很会打仗，在与仇人部族作战中，力量不断壮大。他的仇人当然不仅是女真部族，当初攻城的明军更是仇人。但他知道明军太强大，不能和他们闹翻。他表面上十分巴结明军，不时送财物，还八次到北京向朝廷进贡。他得到明朝的信任和支持，官也越做越大，最后当上了龙虎将军。

他的野心很大，不仅要报仇，还要统一女真各部。当时女真的北边和西边是蒙古，东边是朝鲜，他就派人给他们送财物、送美女，互相结为亲戚，让他们答应只支持他，不帮助其他的女真部族。努尔哈赤用全部精力来对付女真各部，不听话的，就派兵攻打，听话的就给甜头，拉到自己队伍里。结果用了十几年时间，他的力量已经非常强大，其他女真部族能赶上他的不多了。

在常年东征西讨中，努尔哈赤还创立了八旗制度，设立黄、白、红、蓝、镶黄、镶白、镶红、镶蓝八旗，每旗七千五百名士兵，有步兵，也有骑兵。这些士卒平时参加生产劳动，一旦有战事，就拿起刀枪打仗。八旗不仅是军事组织，而且管的事也真不少，不论男女老少，都要划归到某个旗里，吃喝拉撒都要听旗里的安排。这套制度很符合女真人当时的情况，努尔哈赤依靠八旗，前后用了三十多年的时间，终于统一了女真各部。东北北部成了他的天下。

万历四十四年（公元 1616 年）正月，他建立大金，自称大汗，年号为天命，定都赫图阿拉城（在今辽宁省抚顺市新宾满族自治县一带）。因为历史上已经有过大金国，不能重名啊，所以史书上称为“后金”。

统一了女真各部，努尔哈赤开始找明军算账。明军根本不是对手，连连丢失地方。明朝皇上大怒，派了一位将军率领十万大军，分成好几路向赫图阿拉进攻。结果努尔哈赤集中兵力，打败一路，再打另一路，大败十万明军。接下来他又横扫辽东，打得明军更是节节败退。努尔哈赤先是把都城迁到了辽阳，不久又迁到了沈阳。

明军做出一个决定，打算把山海关外的军队都撤回关内。明军把锦州、大凌河、宁前等原来重兵把守的地方都放弃了，只有负责守宁远城的袁崇焕说什么也不撤走。1626 年春，努尔哈赤率十三万大军进攻宁远城，觉得攻下两万人把守的宁远城还不是小菜一碟吗？没想到袁崇焕非常能打，又加上他在城上架起了葡萄牙人铸造的大炮，向努尔哈赤的攻城大军猛轰。结果努尔哈赤打了好几天也没攻下来，只好撤军。他征战四十年来，战无不胜，这次大败把他气病了，不久就死了。也有的说是在宁远城下中炮受伤而死。他被后世尊称为“太祖”。

努尔哈赤有十六个儿子，他称汗时就封三个儿子和一个侄子为贝勒。这四大贝勒权力都很大，功劳也不小，由谁继承汗位，要由大家推举。大贝勒不检点，与父汗的妃子有不正当关系，威信大降，没人支持；二贝勒是努尔哈赤的侄子，不能算最亲的人，也没有优势；三贝勒性情粗野，考虑问题不周到，掌握不了大局。四大贝勒中只有年纪最小的皇太极智勇双全，又屡立战功，结果被大家共同推举为大汗。

皇太极登上汗位的时候，因为金军刚在宁远吃了大败仗，形势很危急。他的谋士说："咱们的南边有明军，东边有朝鲜，西边有蒙古，三面都被包围。如果他们联合发动进攻，咱们根本不是对手。"

"是啊，这的确很危险。你得帮我想个办法，别让他们三家联起手来。"

皇太极的谋士说："这三家实力最强的当然是明军，只要把明军稳住了，其他两家就不敢轻举妄动了。"

皇太极就派人带着厚礼去与明军讲和。明朝因为内地发生了农民起义，也不愿再向后金开战。镇守辽东的袁崇焕很会打仗，但他脾气不大好，得罪了朝廷的太监和一些官员。当时明朝的崇祯皇帝很想把国家治理好，但他有个毛病，总是怀疑自己的大臣，结果中了皇太极的反间计，把袁崇焕给杀了。

皇太极稳住了明朝，乘机向东攻打朝鲜，迫使朝鲜与后金结为兄弟之邦。东边的威胁解决了，他就调头对付西边的蒙古，一步一步把蒙古各部统一到自己手下。他的谋士对他说："如今咱们的地盘大了，人口也多了，再靠原来的制度很难管理好。虽然明朝总是

吃败仗,但他们的制度还是值得学习的。”

皇太极觉得有道理,仿照明朝设立了吏、户、礼、兵、刑、工六部机构,管理国家事务。他还效法明朝,取消了三大贝勒与他共掌权力的制度,把大权集中到自己手里。他又像明朝那样举行科举考试,吸收大批汉族知识分子帮他治理国家。他还扩建了八旗,把收降的汉族和蒙古军民分别扩建为汉军八旗和蒙古八旗。

经过十几年征战,皇太极终于征服了漠南蒙古各部,而且还得到了“传国玉玺”——据说是从秦始皇那时候传下来的。大臣都说这是个好兆头,劝他早登皇帝大位,不要再称汗;汗是游牧民族首领的称呼,没法与皇帝相比。皇太极接受了众人的提议,1836 年即皇帝位,改国号为“大清”,把族名由女真改为满洲。这样一改很高明,表示大清国不再是单纯女真人建立的金国,而是包括汉、满、蒙等族在内的多民族国家,更利于团结其他民族。

接下来,皇太极就集中精力和兵力与明军作战。经过六七年的征战,他把明军山海关外的十几万精锐都消灭了。他计划带兵打进山海关,与明朝一决高低。不过,皇太极还没来得及带兵入关,1643 年 8 月,突患脑溢血死了,终年 52 岁。后世尊他为“太宗”。

努尔哈赤和皇太极是清朝入关前的两个帝王,他们初步建立了以满洲为主体,汉、满、蒙等多民族共同组成的国家,为打进山海关、建立全国政权奠定了基础。

顺治出家

皇太极死前没有立下皇位继承人的遗嘱，谁继位皇帝，争得很厉害。

按惯例，皇长子是继承皇位的第一人选。皇太极的皇长子是肃亲王豪格，他当时三十多岁，正值盛年，又跟着皇太极东征西杀，功劳不小，他当皇帝很够格。

但是皇太极的十四弟睿亲王多尔衮也想当皇帝，当年从蒙古缴获“传国玉玺”的就是他，他的功劳和势力也很大。

这时候，皇太极第九子福临的机会来了。他当时只有六岁，当然什么也不懂，但是他的母亲很有眼光。她是蒙古博尔济吉特氏，就是后来有名的孝庄皇太后。她的堂姐嫁给了多尔衮，她与多尔衮关系也很不错，她便对多尔衮说：“你想当皇帝，可是你的侄子不答应；你侄子当，你也不会答应。你们两个这么争下去，也不是办法。不如让我的儿子来当，就解决了这个难题。我儿子还是孩子，当然要请你来辅政，你说什么就是什么，和自己当皇帝也没有差别。”

这个办法果然双方都能接受。1643 年 10 月 8 日，六岁的福临在盛京(今沈阳)继承皇位,并确定第二年改年号为顺治。明清的皇帝不管在位多少年,一般只用一个年号,大家习惯用年号称呼在位的皇帝,于是福临就被称为顺治帝。顺治帝即位,他的十四叔多尔衮被封为叔父摄政王,还有郑亲王济尔哈朗也被封为摄政王,共同辅佐他。

顺治元年(公元 1644 年),李自成的起义军攻占了北京城,明朝的最后一个皇帝崇祯在景山上吊自杀。这时候有大臣劝说多尔衮趁机进关,夺取明朝的天下。此时明朝镇守山海关的大将吴三桂,因为爱妾陈圆圆被李自成的部下掳去,"冲冠一怒为红颜",向清军投降,并请清军入关。这可真是一个好机会!多尔衮昼夜行军赶到山海关,与吴三桂联手大败李自成,顺利攻占了北京城。当年,清朝迁都北京,随后向四处派兵,开始统一全国。

这时候,多尔衮什么事情都想说了算,可是还有个摄政王济尔哈朗呢。多尔衮觉得他碍手碍脚,就设计陷害,把他降为郡王,把他的摄政王头衔也撤了。他对豪格也是千方百计排挤打击,后来还找了个理由要杀他。豪格是顺治帝的哥哥,顺治护着他,痛哭流涕,请求多尔衮不要杀他。但后来多尔衮还是把豪格害死了,顺治帝从此十分痛恨多尔衮。

多尔衮排挤了自己的政敌,一手遮天、大权独揽,十分蛮横,连顺治帝也不放在眼里。有大臣对他说:"皇上已经不小了,应该给他请师傅,学习满汉文字,熟读六经,掌握治理国家的学问。"多尔衮答应得很好,可就是不派师傅,以致顺治帝亲政的时候,连汉大臣的奏折也读不懂。多尔衮派到顺治帝身边的人也不把皇帝当回事，很伤顺治帝的自尊。甚至顺治帝要见自己的生母一面也很难，这让他的内心感到十分孤独。

多尔衮越来越跋扈，他的名号开始是叔父摄政王，后来成了皇叔父摄政王，再后来干脆称皇父摄政王。他的排场礼仪几乎和皇帝一样，还把皇帝玺印搬到自己的府中使用，后来连见皇帝跪拜行礼也免了，以致许多人认为多尔衮想当皇帝。也许他并没有这样的野心，只是太过蛮横罢了。但他的势力太强大了，如果他真的想当皇帝，真是很难阻止他。

顺治七年(公元1650年)冬天，多尔衮到古北口外打猎，不小心坠马跌伤，十二月初九就死在了古北口，享年三十九岁。顺治帝下诏追尊多尔衮为“诚敬义皇帝”，相当于承认他是名誉皇帝，按照帝王之礼下葬。但他死后两个月，政敌们就纷纷上书，揭露多尔衮的诸多罪状。顺治帝本来就痛恨多尔衮，便立即下旨正式宣布他的十四条罪状，追夺一切封典，把他的坟墓扒了，把他的尸体挖出来羞辱。多尔衮的亲信也都被杀的杀、革职的革职，势力很快土崩瓦解了。

多尔衮死去不久，顺治八年(公元1651年)正月，十四岁的顺治帝提前亲政。当时内外形势十分严峻，多尔衮执政时对汉民压迫太狠，发布了剃发令，“留头不留发，留发不留头”，如果不像满族人那样剃光半个脑袋，就要杀头，闹得大江南北到处有人反清。由于连年打仗，田地都没人耕种，赋税收不上来，国家财政十分困难。现在多尔衮死了，但清朝上层内部的争斗不但没有停止，反而越闹越厉害。这些困难，都要十四岁的顺治帝来应付。多亏他的母亲很有政治头脑，帮了他不少忙。

清朝统一了全国后，汉族人口占大多数，大量政务也是由汉族官员办理。顺治帝为了提高自己处理政务的能力，拼命学习汉文化。他在居住的宫殿里摆了十几个书架，把要读的书分门别类摆在上面。他每晚都要读到深夜，每天早晨就早早起来读书。短短几年间，他对汉文化就有了很深的了解，而且学到了中原皇帝们处理政务的经验。他有意向历史上的好皇帝学习，决心在历史上留下一个好名声。

顺治帝明白，虽然明朝败亡了，但是明朝的制度和中原文化比满族的制度和游牧文化先进得多，必须好好学习。他很尊重孔子，专门派官员到山东曲阜祭孔，他自己也亲自到太学去给孔子行礼。他就是要让天下人都知道，他这个皇上是尊孔的，清王朝也是尊师重教的。他重视发挥汉官的作用，他的身边最为亲信的人大多是汉官。他改变了从前不许汉官掌印的规定，让越来越多的汉官掌握实权，争取到了汉族对朝廷的认同和支持。

清朝在入关前后一直有圈地的恶政，八旗官兵看中的地方，骑着马牵着绳索，跑到哪里就圈占到哪里，无论土地房屋都无偿归了八旗。老百姓失去了土地和财产，上诉也无门。顺治帝亲政不久，就下令不得再圈地，此后圈地虽然没有完全被禁止，但不再像从前那样过分了。为了恢复生产，他采取了不少办法，比如派官员专门负责开垦荒地，鼓励农民垦荒，还减轻徭役，尽量减轻百姓的负担。还有些落后制度他也想改，但他周围的官员满人多，他们不愿自己的特权受到限制。因此，他虽然用了很多心思，但收效不大。他开始对顽固的大臣不满，对政务也有些厌倦了，觉得当皇帝是个苦差事。

顺治帝喜欢与传教士、僧人交往，和他们谈话。这时他会觉得很快乐。有一个叫汤若望的传教士，很早就进宫主持钦天监，负责观测天象、推算节气、制定历法。顺治亲政那年，汤若望以西药治好了孝庄太后的病，被顺治尊为“玛法”——满语的意思是“老爷爷”。顺治帝从汤若望那里学到了天文、历法、西方宗教等知识，而且还向他请教国政。汤若望非常慈祥，

让顺治帝享受到了从未体验过的亲情，两人真是到了情同父子的地步。汤若望上了三百多封奏折，好多建议顺治帝都采纳了。汤若望的官越做越大，最后做到了光禄大夫。直到后来顺治帝开始信奉佛教，两人的交往才不再那样密切。

顺治帝接触佛教，可能是受太监的影响。明朝的太监都信奉佛教，也希望皇上信教，这样皇帝就容易听他们的话。在太监的安排下，顺治帝到寺庙见了僧人，并立即对佛法起了兴趣，经常召僧人到宫中给他讲法，而且还取了法名叫“行痴”。僧人当然满嘴都是恭维话，他们让顺治帝自己也相信，他前世就是个高僧。顺治帝喜欢到寺庙里去，一看到寺院窗明几净、香烟缭绕，就不愿回皇宫。他还向和尚们表示，如果不是怕留下母后孤单，他愿意出家。

顺治帝的家庭生活并不幸福。孝庄太后先后给他选了两位蒙古族皇后。第一位还是太后的侄女，但顺治帝不喜欢，把她废为妃。第二位皇后他又想废掉，太后坚决不答应。顺治帝喜欢汉文化，他希望的皇后是能够知书达理、琴棋书画都能行的女子。但蒙古族姑娘在这方面并不擅长，也就难怪两位皇后都不讨他的喜欢。

后来顺治帝终于遇到了喜欢的妃子董鄂氏，她一进宫就将她封为贤妃，不久就册封为皇贵妃。有人误认为董鄂妃是姓董的汉人，其实并不是。她是满洲正白旗人，她的父亲是内大臣鄂硕。当年父亲带兵在苏州、杭州、湖州一带驻扎，董鄂妃也跟着在江南生活过，深受江南文化的影响，身上有江南女子的气质，好读史书，喜欢书画。也正是这一点吸引了顺治帝，两人真是一见如故。不久后，他们生了一个儿子。顺治帝很喜欢这个儿子,有意让他将来继承皇位,对董鄂妃也是万分宠爱,打算把她立为皇后。

然而好景不长,董鄂妃生的孩子不幸夭折,两个人都很难过。后来,董鄂妃因伤心过度,也死了。顺治帝一连失去两位最亲的人,心灰意冷,再也不愿做皇帝,坚决要出家当和尚。太后非常着急,对和尚们说:"你们好大的胆子。如果真给皇帝剃了发,我就让人把你们烧死。"顺治帝怕连累了和尚们,这才暂时答应不剃度。但他出家的心思并没有打消。

两个月后,也就是 1661 年 2 月 5 日,顺治帝得天花死了。因为他死得太突然,民间一直有顺治出家的传说,说他并没有因天花而死,而是出家当了和尚。其实这都是传说,并不是历史真实。

少年天子

顺治帝死了。他留下遗嘱，皇位由皇三子玄烨(yè)继承。

顺治帝一共有八个儿子，不过老大和老四不到一岁就夭折了。他驾崩前，稍大点的只有老二和老三。老二七岁，老三六岁(按旧时算法，虚岁八岁)。选老三玄烨是因为他从小就显示出不一般的志向。据说有一次顺治帝问儿子的志向，老二说想做个贤王，玄烨说要效法父皇，治理好国家。但，这还不是最重要的原因，最重要的是玄烨出过天花。

天花在当时是一种十分凶险的传染病，而且没有很好的治疗办法，死亡率很高；但一旦熬过来了，从此就不会再得。玄烨出生不久就得了天花，被奶妈抱出皇宫抚养。玄烨熬了过来，只是脸上留下几粒麻子。顺治得了天花，自知不久于人世。他向汤若望请教，汤若望认为玄烨已经出过天花，将来不至于再生变故。孝庄太后也赞同他的看法，就与顺治商定，由玄烨继位。

顺治十八年正月初九日(公元 1661 年 2 月 8 日)，玄烨在太和殿即位，年号定为康熙，他就被称为康熙皇帝。康熙幼年登基，当然不能亲理政务，必须靠辅政大臣来办事。顺治帝和孝庄太后吸取多尔衮专权独断的教训，决定辅政大臣不从皇族宗亲长辈中选定，改为从异姓功臣中选择；而且不只选两人，而是选四人以便互相监督。顺治帝下旨指派索尼、苏克萨哈、遏必隆、鳌(áo)拜四大臣辅政。

亲政之前，康熙的主要精力都用来学习。他十分好学，要学满文、蒙古文，更要学汉语，还要学骑马射箭。除了像民间私塾学习四书五经外，他还要学治理国家的学问。他养成了很好的读书习惯，经常读到深夜，曾经因为读书太用功还吐过血。这是中国皇帝中很少见的，他的学问也是皇帝中少有的。

康熙不仅学习中华文化，还学习西方知识。他跟着传教士学习天文、历法和数学知识。听西方老师上课，是一件十分吃力的事情。西方老师中文不太好，康熙就耐心地与他们一起研究准确的表达方式，据说数学中的“根”“方”“真数”等概念，就是从康熙那时候传下来的。可惜康熙只是把西方知识当作兴趣自己学习，没有在全国推广。

因为康熙帝好学，读了那么多书，他的眼界和思想都得到很大提高。尤其是在治国上，他认识到中国面积这么大，人口这么多，又是汉人居多的国家，仅依靠武力不行，必须实行文治，必须尊重、弘扬中国优秀文化，要团结好汉族知识分子，发挥他们的作用。康熙尊孔兴教，主张以儒家学说为治国之本，还亲临曲阜拜谒孔庙。除了恢复科举制度选拔人才，他还特意举办博学鸿儒科，专门把有学问的人招到北京。他创建了南书房制度，把一批汉族优秀知识分子吸引到他身边。康熙年间，这些知识分子编辑出版了《康熙字典》《古今图书集成》《全唐诗》《子史精华》《朱子全书》等大量图书典籍。

康熙六年（公元1667年），康熙十四虚岁了。顺治帝是在十四岁亲政，所以辅政大臣索尼等人先后上疏，请求玄烨学习他的父皇，也在这一年亲政。康熙的祖母孝庄太皇太后也赞成。这一年七月初七，康熙在太和殿举行了隆重的亲政大典，并诏告天下。

康熙亲政了，却不掌握实权，因为辅政大臣鳌拜不愿交权。

辅政大臣代行皇上的权力，可以说是万人之上、一人之下。这样大的权力，谁也不愿丢掉。辅政四大臣之首是索尼，他的孙女由孝庄太后做主嫁给康熙，他当然全力辅佐康熙，也是真心愿意康熙亲政；可惜他人太胆小怕事，又在康熙亲政前就去世了。排在第二位的是苏克萨哈，但他是多尔衮所领的正白旗人，有诸多顾虑，不免缩手缩脚；支持他的人也不多，可以说是势单力孤。排在第三位的是遏必隆，与排在第四位的鳌拜同属镶黄旗，两人走得很近。而排在第四位的鳌拜野心最大，一向独断专权，最不愿把实权交出来。他是三朝元勋，当年跟着皇太极东征西讨，立下赫赫战功，被皇太极赞为“满洲第一勇士”。皇太极病逝后，他拥戴顺治帝即位，成为议政大臣。顺治帝去世的时候，任命他为顾命辅政大臣。开始的时候，他还比较收敛，与其他三位大臣同心辅政。可是后来他的野心就越来越大，索尼去世后，他的胆子更是大得没了边。

苏克萨哈看鳌拜不愿将实权交出来，就向康熙帝提出要辞去辅政大臣之职，去给顺治帝守陵。他排在第二的辅政大臣都交权了，排在第四的鳌拜有什么理由不交？这一下真是把鳌拜气坏了，他对康熙帝说："苏克萨哈想去守陵是假，对皇上和臣有怨言是真。他有很多罪行，臣已经搜集很久了。"他和他的同伙罗织了苏克萨哈三十多条罪状，交给康熙，要求处死他。康熙帝当然知道苏克萨哈冤枉，不愿杀他。可是鳌拜不答应，每天上朝都嚷嚷着要杀苏克萨哈。朝堂上都是他的心腹，他什么也不怕，挥舞着胳膊大吵大叫，根本不把康熙帝放在眼里。有一次甚至抓住康熙帝的手腕，让他批准苏克萨哈死刑。康熙帝没有办法，只好同意鳌拜杀了苏克萨哈。

苏克萨哈被杀，遏必隆更不敢说半个不字，鳌拜行事也就更没有顾虑了，谁反对他，他就撤谁的职，甚至定个罪名就下到大牢里。他自己的亲信，就千方百计安排到重要的职位上。户部管理财政收入，非常重要，户部尚书不是他的亲信，他便对康熙说："皇上啊，顺治年间户部曾经设立两个尚书，我看这个办法很好，可以避免一个人办事不周到。"他就借机让自己的亲信担任了户部尚书。工部尚书一出缺，鳌拜又立即让自己的党羽出任。已经亲政的康熙一点实权也没有，威信也很受影响，他再也忍不下去了。

"鳌拜这样专权，我什么时候才能当上真正的皇帝？"康熙与祖母孝庄太皇太后商议，"必须想办法除掉鳌拜。"

"我也同意你除掉鳌拜。可是他的势力太大，朝野上下都有他的亲信，你打算怎么除掉他，可要想好了。"孝庄太皇太后很有政治经验,也是康熙最坚定的支持者。

"我已经想好了。我一定要不动声色,不能让他察觉,一旦动手,就一下把他拿下。"康熙已经有了办法,说给祖母听,祖母也很赞同。

索尼之子索额图是宫中的一等侍卫,他也是康熙帝皇后的叔叔,当然是康熙的亲信。康熙说他喜欢布库,让索额图帮忙挑选了一批身强力壮的亲贵子弟,整日在宫内练习布库。布库就是摔跤,是由满族游戏、骑马、打仗演变而来的,是满族男子都喜欢的游戏健身方式,康熙喜欢练习实在太正常不过。鳌拜见了,以为是皇帝年少,沉迷嬉乐,不仅没有任何提防,反而很高兴。康熙有意迷惑鳌拜,许多事情都依着他,还表现出对政务不太上心的样子,事事都信任鳌拜,交给他去办。

康熙天天与这些布库混在一起,与他们的关系非常密切了。有一天他说:"如果有一天我和鳌拜闹翻了,你们是支持鳌拜,还是支持我?"

布库们都说:"我们誓死支持皇上。"

康熙帝就把他的计划说了出来,告诉他们,如果在捉拿鳌拜的战斗中受伤或牺牲,一定会按军功来照顾他们。布库们都说,愿誓死保卫皇上。

康熙准备了两年,到了康熙八年(公元1669年)五月,他决定动手除掉鳌拜。他先将鳌拜的亲信派往各地,远离京城,又派自己的亲信掌管了九门提督之职。九门提督管着京城九门的出入,是个非常关键的职位。然后他派人召鳌拜入宫议事。鳌拜经常出入宫廷，丝毫没有怀疑。他到了南书房，正在给康熙请安，一帮年轻布库蹿出来上前就捉鳌拜。鳌拜不愧是“满洲第一勇士”，武功很厉害，布库们费了好大的工夫才把他制服。

大臣们给鳌拜议罪。鳌拜得罪的人实在太多了，给他议了三十多条罪，判处他立即砍头。鳌拜要求面见康熙，他脱下自己的衣服，让皇上看他浑身的伤疤。那都是跟着皇太极、顺治两朝皇帝打仗留下来的。因为他战功卓著，而且辅政有功，康熙不忍杀他，只是把他囚禁了起来。他的子侄和亲信就没那么幸运了，死的死，革职的革职。鳌拜在狱中没有待多久也死了，他的势力很快就被瓦解了。

康熙除掉鳌拜时虚岁十六岁，实际只有十五周岁。十五岁的少年办事如此周密稳妥，足见他的政治能力是很强的，大臣们谁也不敢小看他了。

撤藩收台

当家才知柴米贵，康熙真正手握权力的时候，才知道朝廷面临的困难真是不少，而最大的困难就是没钱花。当时朝廷一年的正税不到一千万两，仅云南一省就要支出九百多万两。这九百多万两，主要是平西王吴三桂花掉的。当时南边有三个藩王，除了平西王吴三桂，还有平南王尚可喜（后来是他的儿子尚之信）、靖南王耿仲明（后来是他的儿子耿继茂、孙子耿精忠）。让户部一报账，“三藩”最多的时候，一年要花掉朝廷两千万两银子。朝廷到处搜罗，钱原来都让他们花了！

接下来，康熙天天琢磨“三藩”的事。

“三藩”都是降清的明朝将领。清军进关后，他们配合清朝的八旗军作战，为清朝建立了不少战功，他们自己也借机扩充实力，招兵买马，抢占地盘。清廷为了利用他们，给他们高官厚禄，让他们管理地方，还给他们任命官员的权力。他们打仗花钱也不受约束，只要伸手，朝廷就尽量满足他们。可是他们贪心不足，越闹越不像样。其中最厉害的，要数平西王吴三桂。吴三桂在三个藩王中功劳最大:是他引清兵入关;后来又是他带兵一直杀到云南,把逃到缅甸的南明永历皇帝要回来杀死了,给清廷除去了心头大患。朝廷授给他地方大权,云南省文武官员都归他管,兵马钱粮都是他说了算。他还不满足,又向朝廷要求邻近的贵州省也归他管,朝廷也答应了他。三位藩王都养了大量的兵马,养这些兵当然要花钱。有御史上奏说,如今战事已经结束了,该把这些兵裁撤一部分。吴三桂一得到消息,立即在边疆制造事端,谎报朝廷说有人造反,吓得朝廷不敢裁兵。

"三藩"的恶行不仅如此。他们还在各自控制的地区设卡收税,放高利贷,甚至拐卖人口。朝廷已经禁止圈地,吴三桂却不管不顾,在云南仍然四处圈地,把农民变成自己的佃户。他还在云南、贵州到处安插自己的亲信,根本不把朝廷放在眼里;就是陕西、四川的官员,不少也巴结他,看他的脸色。

康熙十分气愤,对大臣们说:"他们不但不能治理地方,反而成了朝廷的最大威胁。不除掉他们,只怕国无宁日。"

大臣们分成两派。一派说:"皇上说得对,'三藩'为非作歹,非除不可。"另一派说:"他们实力太大了,如果撤藩他们一定会造反,只怕朝廷镇压不了他们,反而会给朝廷带来很大的危险。"

康熙听了,也一时拿不定主意。

1673 年,平南王尚可喜的儿子们争权夺利,闹得不可开交。尚可喜一怒之下上奏朝廷,辞去平南王,回辽东老家养老,王爵由他的儿子尚之信继承。朝廷中好多人上奏,正好可以借机撤藩。"三藩”在京中都有眼线，这些消息很快被传了回去。吴三桂想摸清朝廷的实底，到底会不会撤藩，也和耿精忠向朝廷提出，辞去王位。

是否借机撤藩，在朝廷中又起了争论。康熙是一个很有主见的人，他说：“三个藩王手握重兵，尾大不掉，对国家非常不利，必须裁撤。”

朝廷决定撤藩的消息传回云南，吴三桂的真面目就露出来了。他换上明朝的衣服，跑到永历帝坟前，假模假样大哭一场，数落清军的罪行，决定起兵造反。1673 年 11 月，吴三桂杀了云南巡抚朱国治，并派兵进攻湖南，很快攻陷常德、长沙、岳州、澧州、衡州等地。他又派人四处发布檄文，广西、四川等许多地方大员跟着吴三桂反清，福建靖南王耿精忠、广东平南王尚之信、陕西提督王辅臣也都起兵响应。短短数月之内，滇、黔、湘、桂、闽、川六省丢失，广东、江西和陕西、甘肃等省也都附和，南方半壁江山几乎尽归吴三桂。

消息传到北京，朝野震动。不少人认为“三藩”势力太大，不相信朝廷能够平叛，偷偷把财产家眷迁回老家。大学士索额图建议把主张撤藩的人处斩，安抚“三藩”，与“三藩”讲和。康熙当时还不到二十周岁，但他相当有定力，对索额图说：“撤藩是我的决定，不能牵连其他人。三藩撤要反，不撤早晚也要反，如今既然已经反了，那就坚决不能讲和！”祖母孝庄太皇太后也坚决支持他。

为了表示撤藩决心，康熙下旨夺去吴三桂的官爵，宣布他的罪状。为了分化“三藩”，朝廷重点进攻吴三桂，对平南王、靖南王，则停止撤藩，千方百计进行招抚。同时还宣布，吴三桂旧部只要没有参与吴三桂造反，一概不予追究。康熙又发现八旗兵丁怯懦畏战，领兵的满洲亲贵大臣贪生怕死，又贪污腐败，于是大胆起用汉兵汉将，破格提拔了一批绿营将领。这些绿营兵将英勇善战，成了吴三桂的强硬对手。

多年战乱后，老百姓都盼着过安稳日子，国家安定统一是大多数人的愿望。“三藩”本来就是明朝的叛臣，如今又借口恢复明朝满足自己的私欲，当然不得人心，失败是必然的。1681 年，历时八年的“三藩”之乱，清廷取得最后胜利，“三藩”这颗毒瘤被彻底割除。这一年康熙只有二十七岁。

康熙平定了“三藩”后，立即着手收复台湾。

台湾很早就是中国的领土，在明朝后期被荷兰人占领了，而从荷兰人手里夺回台湾的是郑成功。郑成功原名郑福森，他是福州泉州人，他的父亲郑芝龙是海上走私团伙首领，经常往来福建和日本之间。后来郑芝龙被明朝招安，当了官，郑福森才回到福建读书生活。他人很聪明，中过秀才，又喜欢带兵，真是能文能武。后来清军入关，明朝灭亡，朱氏皇族在南方建立了南明小朝廷，郑芝龙手握重兵，被南明小朝廷器重。南明的皇帝很喜欢郑福森，就赐他姓朱，名成功。朱是明朝皇族的姓，也就是国姓，所以郑成功又被人称为国姓爷。后来他又被封为延平王。

清军打到福建后，郑成功的父亲郑芝龙带部下降清。郑成功不赞同，率军继续与清军作战。转战好多年，越来越困难。这时候有个叫何斌的人。在台湾给荷兰人当翻译，他对郑成功说：“你这样在东南沿海东奔西走也不是长法，不如赶走荷兰人，占据台湾，作为抗清基地。”

“听说荷兰人枪炮厉害，能赶走他们吗？”郑成功有点不自信。

何斌对郑成功说：“他们枪炮再厉害，也有弹尽粮绝的时候。再说还有我可以给你当内应。”

郑成功听了何斌的话，于1662年率军横渡台湾海峡，打败荷兰东印度公司在台湾的驻军，开始经营台湾。可惜郑成功收回台湾不到四个月就暴病而亡，年仅三十八岁。他的儿子郑经继承延平王位，仍然自视为明朝的臣子。郑经也像郑成功一样，才三十九岁就死了。此时继承王位的是郑经的儿子郑克塽（shuǎng），小延平王只有十二岁，于是郑氏家族开始争权夺利，闹得不可开交。

清朝福建总督认为当时是收复台湾的好机会，便向康熙推荐擅长海战的施琅率军攻台。施琅原本是郑成功手下的海军将领，后来于郑成功闹翻后才投降清朝。朝廷曾经派他出任福建水师提督率军攻台，但两次出海都因遇到大风无果而返。结果许多人说他是念着郑成功的旧情不肯实心打仗。朝廷就把他调回北京，任个闲官。现在康熙要重新起用他，不少人反对。但康熙看准的人一定要用，看准的事一定要办。他不管别人怎么说，仍让施琅再次出任福建水师提督。

1683年，施琅出兵攻台，在澎湖大败郑氏海军，不久郑克塽纳土归降。台湾收复了，但不少人认为台湾远离大陆，四面临海，不好防守，不如干脆把岛上的居民迁到内陆，放弃这个孤岛算了。施琅坚决不同意，他对康熙说：“台湾虽然是一座海岛，可就像福建、广东、江苏、浙江四省的大门，大门没了，院子里的人就危险了。台湾不能丢啊！如果丢弃台湾，将必酿成大害；只有守住台湾，沿海才能永固。”康熙认为施琅说得有道理，采纳了他的意见，在台湾设立台湾府，下面设三个县：台湾县（今台南）、凤山县（今高雄）、诸罗县（今嘉义），归福建省管辖。还派了一名总兵，两员副将，带兵八千驻守。又在澎湖设副将一员，带兵两千驻守。

康熙不仅收复了台湾，还北击俄罗斯的入侵，1689 年迫使俄罗斯缔结了《尼布楚条约》，规定了中俄两国东段边界，黑龙江以北、外兴安岭以南和乌苏里江以东地区均为中国的领土。他还御驾亲征漠北蒙古，打败噶尔丹，将整个漠北喀尔喀地区纳入清朝版图。

康熙晚年也有很多烦恼。特别是他的九个儿子争夺皇位，弄得他很痛苦。1722 年 12 月 20 日，康熙在北京畅春园清溪书屋驾崩，终年六十九岁。他当皇帝共六十一年零十个月，在我国历史上是在位最久的皇帝。六十多年中，他果敢坚定、勤政爱民、善于用人、拓疆有为，把一个元气大伤、战乱频频、破败贫弱的国家转变成面积广大、统一兴盛的强国，开启了我国历史上最后一个封建盛世——长达一百三十多年的康乾盛世。

廉吏第一

康熙开创了中国封建社会的最后盛世。可在康熙盛世前期，百姓日子并不好过，连年战乱，土地荒芜，官吏也不用心理政，大家都盼着当官的既有本事，又清正廉洁。康熙年间出了一批这样的官员，其中有一个特别有名，被康熙赞为“廉吏第一”。

他叫于成龙，山西永宁州（现今山西省吕梁市离石区）人。他是个大器晚成的人。他早年科举一直不顺，考中秀才后，又参加乡试想考中个举人，可是考了好多年，只考了个乡试副榜（只能算个预备举人）。一直到了 1661 年，四十四岁的于成龙才被清廷吏部派到广西罗城（现在的广西河池市罗城仫（mù）佬族自治县）任知县。从他家到罗城好几千里路，而且当时人传广西那里连年雾瘴，北方的人水土不服，不是病就是死。妻子对他说：“咱家不富裕，可也有几亩薄田，生活也能过得去。跑这么远的地方当个小官，不合算。”他对妻子说：“我出去当官，不是为了解决自家温饱问题。我是想为百姓办点事，让百姓日子过得好些。”

路途遥远，需要不少盘缠，而于成龙家里的现银不足，他就卖了一部分田地和房屋，才凑足了盘缠。和几个仆人赶了几千里路，他终于到了罗城。他早就听说过罗城很穷，等到了地方一看，穷得出乎他的想象。县城根本就没有城，县衙的院墙是篱笆墙，院内只有三间正房，屋顶已经漏了好几个大窟窿。院内长满了荒草，大白天也有猴子钻进钻出。开始那几天，他们只好住到一个破庙里。整个县城只有六七户居民，于成龙问他们人都去哪里了，百姓说都跑进山里当土匪了。百姓们还告诉他，近年来两任知县，一任被土匪杀了，一任病死在任上。都劝他别在这穷地方受苦了，干脆回家算了。

因为水土不服，于成龙生了一场大病。几个跟他来的仆人本来是打算发笔财的，现在见这个穷地方不但发不了财，恐怕还有丢掉性命的危险，就偷偷跑了。只有一个仆人没有跑，他不忍心于成龙一人孤孤单单。可是不久，这个仆人因水土不服病死了。于成龙一个人留在一个破院子里，很孤单，为了防备土匪和野兽，晚上睡觉的时候就把刀放在枕头下，手边还要再放两杆长枪，以防万一。

老百姓看他生活得这么苦，就给他送来一些青菜吃食。他表示感谢，但从来不肯收，他说："我一个人好凑合，你们日子过得这么苦，还是拿回家孝敬你们的父母吧。"一来二往，他和老百姓熟悉了，便问大家为什么家里有地不种，都跑去当土匪了。大家告诉他，这些年乱兵太多，有些人是为了保命逃进山里；当官的太贪，又经常有当兵的来要粮食，种点粮食也到不了自己嘴里，干脆到山里当土匪算了。现在虽然已经安定下来了，但大家都怕官府追究，所以也不敢回来。

于成龙对大家说："大家都不种田，啥时候也不能过上好日子。所谓土匪，大部分也都是老百姓，是被逼无奈才进的山。你们传话给他们，赶紧下山回来，只要没有杀人等重大罪行，官府既往不咎。"

他的话传出去后，好多人陆陆续续回来了。他鼓励大家开垦荒地，规定在无主荒地上耕种收获全归自己。他经常穿着布衣，像当地人一样光着脚在田野间巡视，遇到老百姓就上去攀谈。看到庄稼种得好的就赞不绝口，还对他们说："好好种田，谁家收成好了，到时候我亲自去给他插上一面彩旗。"对那些不好好种地的，他就动员长辈上门劝说，还说道："谁不听劝，你们就狠狠骂他们一顿。"

回来的百姓越来越多，为了保证治安，于成龙又将年轻人组成乡兵，平时劳动，晚上巡逻，遇到土匪来扰乱，就组织起来赶走他们。对那些不听劝告的土匪，他就带着乡兵去剿；再厉害些的土匪，他就往上面请援兵，亲自带兵进山，对死不悔改的绝不手软。经过一两年的时间，罗城的匪患基本解决了。

老百姓可以安心种地、养牲畜，不几年，地里都种了庄稼，山上放着牛羊，罗城百姓不但有粮食吃，好多人家还盖起了新房，县城人口增加很多。可于成龙还是没什么变化，依旧经常穿着布衣和老百姓交往。谁家娶亲嫁女，他就帮着写对联；有人父母去世了，请他写墓碑，他也痛痛快快答应。老百姓一见到他，就亲热地围过来，像家人一样阿爷阿爷地叫他。

有一年，于成龙的儿子大老远从山西老家来看他。他买了一只鸭子，只煮了半只给儿子吃，另半只腌了晒干，预备让儿子带回去。老百姓都觉得县太爷这样做太寒酸了，凑了钱送到衙门里来，于成龙说什么也不肯收。大家又送来土特产，于成龙对大伙说："我儿子回去好几千里路呢，也带不动这么重的东西。"结果，他的儿子只带着半只干鸭子回去了。从此，于成龙有了"半鸭知县"的称呼。

于成龙在罗城当了七年穷知县，他的事迹在广西广为流传。广西巡抚和两广总督联名向朝廷保举他，下的评语是"卓异"。这是当时考查官员最高的评价，整个广西只有于成龙一人得到这个评价。朝廷就提拔他，派他到四川合州当知州。这时候，于成龙已经五十多岁了。

四川合州这个地方也是战乱多年，百姓都四处逃难，没人种田。一个州三个县，在籍百姓竟然不到一百户，赋税只有十五两，实在是少得可怜。可是，老百姓的负担很重。于成龙刚到任，上级官员就来了一封信，让合州给上面进献鲜鱼。于成龙十分生气，给上级回信说："老百姓生活得这么苦，没人可怜一

下，反而要百姓献鱼，我上哪里给你们弄？”上级收到他的抗议信，知道他清廉名声在外，也不敢得罪他，不但不再要鱼，就连其他一些盘剥百姓的做法也取消了。

于成龙在合州也像在罗城一样，一心为百姓做事。他招集流民到合州开垦荒地，官府借给耕牛和种子，而且明文规定，耕种三年后荒地就归耕种者。结果不到一年，在籍人口就达到一千多户，两年时间合州就发生了很大变化。在上级的推荐下，他又得到朝廷提拔，到湖北黄州府去任同知（官名，是知府的副职）。

黄州这个地方因为连年饥荒，盗匪特别多。于成龙采取“以盗治盗”的办法，找了一批曾经当过盗匪的人，亲自进行教育后，让他们及时通报消息，帮助官府剿匪；还留下几个当差役，帮他办理盗案。这些人对盗匪的情况很了解，很多案子很快就被破获了。审理案子的时候，于成龙主张少用刑法，多教育说服。他又善于从细节中发现问题，许多疑案、悬案都被他破了，一些错案也得到平反。百姓都叫他“于青天”。

于成龙在黄州当了四年同知，又当了四年知府，再次被评为“卓异”。1678 年，朝廷提拔他出任福建按察使。到福建上任时，他已经六十多岁了。临行前，他让人买了一堆萝卜。有人笑他说：“大人啊，这些东西这么便宜，你买这么多干什么呢？”他说：“我路上一日三餐，全靠就着这些萝卜下饭呢。”

于成龙到福建的时候，“三藩”之乱尚未平定。为了避免台湾郑经与“三藩”勾结，福建实行禁海，如果有百姓私自出海，就要治罪。

于成龙接手因出海被治罪的案子很多，牵连数千人，被判死刑的好几百人。他主张重审，下属劝他说："这些案子都是满官判定的，你是汉官，你主张重审，很容易让他们认为你是袒护汉人。"

他说："皇天在上，人命关天，我不能为了讨好上级就糊涂办案，让那么多人做了屈死鬼。"

当时朝廷派康亲王主政福建，于成龙直接上书，主张要争取民心，不应牵连太多百姓。康亲王早就听说过于成龙清廉能干的名声，很敬重他，便听从了他的建议。于成龙到福建不到一年，就升任布政使，布政使当了不到一年，就又被朝廷提拔出任直隶巡抚。

在直隶巡抚任上，他又严惩贪官污吏。康熙帝很高兴，就下旨召见他，称赞他说："你的事情朕听说了，能做到像你这样的官员太少了。"

于成龙说："臣也没别的本事，只是按照皇上的教诲去做罢了。"

不久，于成龙再次得到朝廷重用，出任江南江西总督（后来称两江总督）。江南是富庶的地方，大家都认为，到了江南，于成龙就没法像从前一样节俭清廉了。没想到他还是像从前一样，经常穿着布衣四处巡查。他还对官员说："我们当官的，自己有饭吃了不行，要想到老百姓还有吃不上饭的；自己有衣穿了，要想到百姓还有穿不上衣服的。如果无功于国，无德于民，就是官做得再大，与盗贼也没什么区别。"在他的表率下，江南官场风气为之一变。

1684 年 5 月 31 日，六十七岁的于成龙病逝于两江总督任上。大家收拾他的遗物，只有一件棉袍，几罐盐豆豉（chǐ），真是家徒四壁。老百姓听说了，都涌到总督衙门去哭。他灵柩启程那天，百姓送出二十多里地。康熙听说了，对身边的大臣说："现在朝廷太需要于成龙这样的好官了，他不愧为天下廉吏第一。"他亲自下旨，封于成龙为太子太保，谥号"清端"，要求各级官员向他学习。

秘密立储

我们前面说过，康熙是个雄才大略的皇帝，开创了中国最后一个封建盛世。但他晚年生活并不快乐。其中一个重要的原因，就是他的儿子们争夺储位，你一伙我一伙，争得不可开交。他为了处理这件事，费了很多心血，仍然不能顺心如意。

康熙和他父皇福临继位的时候，都曾因皇位之争费了好些麻烦。因此他觉得早早立下皇太子，大家就不会争了。所以他二十一岁时，就立皇后所生的儿子胤礽（réng）为太子，那时候胤礽才刚满周岁呢。

康熙为了培养太子，真是费了很多心思，不但给他请最好的老师，有时候还亲自教导。小时候的太子也很争气，无论满文还是汉文，无论骑马还是射箭，都有模有样，可以说是能文能武。他经常受到大臣们的夸赞。他成人后便帮着康熙处理政务，康熙出征打仗或者外出巡察，就让他坐镇京师，在政务上也算是帮了康熙不少的忙。

康熙对太子的不满意是一点一点积累起来的。有一年康熙出征生病，回来路上让太子来行营见面。没想到太子对他的身体状况一点也不关心，脸上也丝毫没有伤心的表情。还有一次康熙南巡，太子半途生病，留在德州养病，康熙就召索额图到德州照顾太子。可是回到北京后，就有人告状说太子与索额图在德州数月，曾经密谋不轨。这让康熙十分担心和不满。

康熙对太子不满，最主要的原因还是两人性格大不相同。康熙对臣子比较宽厚，生活也比较节俭。可是太子从小被众星拱月一般，周围一帮人天天恭维着他，他就慢慢开始骄横，不但对身边的人很粗暴，一不高兴竟然连蒙古王公也敢打。在衣食礼仪上，他也很计较，事事要显出与其他皇子的不同。

1708 年 5 月，康熙到塞外围猎练兵，让太子及其他几个皇子一起去。在途中，刚满七岁的皇十八子患了急病，康熙十分焦虑，太子却无动于衷。康熙见了十分生气，责备了他几句，没想到他竟然当面顶撞。太子对父皇、兄弟都这样无情，如何能够对臣民有仁爱之心？康熙有点忍无可忍了。

康熙这时候已经有十几个儿子了，想当太子的可不止一个。尤其是皇长子，他发现康熙对太子不满，认为自己的机会来了。皇长子年龄比太子大，但因为不是皇后所生，因此未被立为太子。现在康熙对太子不满，如果太子被废，皇长子最有可能被立为太子。于是他就向康熙告太子的状，历数太子的种种毛病，还让康熙要提防太子作乱。

巡幸途中，康熙发现，每到夜晚总有人在他的大帐外偷看。这使

他十分愤怒，担心有人要暗害他，而最大的怀疑对象就是太子。

康熙忍不下去了，在巡幸途中就宣布太子不学习祖宗的道德，不听皇上的话，粗暴对待臣下，不配当太子，并把他废黜了。

太子被囚禁后，皇长子就请了喇嘛念咒，盼着太子快点死掉。结果这事让皇三子知道了，密报给康熙。康熙气得不轻，对大臣说这个老大本事不大，野心不小，于是也下令把他圈禁了。看到皇长子也没做成太子，皇八子和他身边的一帮人又动起了心思。皇八子待人和气，人缘很好，皇九子、皇十子、皇十四子更是和他关系十分密切，和他结交的大臣那就更多了。有位江湖术士跑到皇八子府上说："我看八爷的面相贵不可言，可不只是一个亲王的前程。现在八爷的阻碍只有太子，我可以施法让太子消失。"结果这件事让康熙知道了，他对皇八子也十分失望。

众多皇子中只有皇四子、皇十三子与太子比较亲近，希望能复立废太子。康熙对废掉太子其实心里也难过，想想太子小时候那么可爱，为什么现在变坏了呢？一定是有人害太子！他想再给太子一个机会。

废太子被囚禁不到半年，康熙就下旨恢复他的太子之位。谁知道太子复出后，变得更加蛮横，还结党营私。三年多后，康熙一怒之下又把太子给废了。

太子再次被废，太子之位的竞争又热闹起来。皇八子是一派，皇四子又是一派。皇四子有野心，但他藏得很深，凡事任劳任怨，替康熙分忧却从不争功。尤其是太子第一次被废后，他主张恢复太子之位，让康熙觉得他有情有义，称赞他很知大义。后来许多应该太子出面的事情，比如祭祀祖陵、祭祀天地这样的事情，康熙都派他去办。尤其是皇四子有个儿子叫弘历，非常聪明，讨人喜欢，康熙更是喜欢得不得了，说他是有福之人。康熙因为喜欢弘历，把皇位传给皇四子也就顺理成章。

康熙六十一年十一月十三日（公元 1722 年 12 月 20 日），康熙帝在北京畅春园清溪书屋驾崩，终年六十九岁，在位六十一年零十个月。康熙近臣步军统领隆科多宣布康熙遗诏，命皇四子继承皇位。这就是雍正皇帝。关于雍正帝继位有不少传说，说他是进了一碗参汤，毒死了康熙自己当上了皇帝；还说本来大位是传给十四子，他把“十”字改为“于”，成了传位“于四子”。其实这些都是他的竞争对手造的谣，不足为信。

雍正继位后，面临的困难很多，尤其是各级官员贪污、挪借官款，结果弄得国库空虚，连救灾的银子也拿不出来。雍正帝对这些问题十分清楚，因此当上皇帝后，对任用官员非常认真，对各级官员严格考核，赏罚严明。对中高级官员，赴任前他都亲自召见，当面考核。每天召见官员，成了他一项重要政务。对官员呈上的奏折，他都看得非常仔细，并亲自批示，每天晚上都批到很晚。

雍正推行了两项新政策，一项叫“火耗归公”。老百姓交税，交的是碎银子；可是官府交到国库里，必须把碎银子化成银水铸成元宝，这个过程中就有一些损耗。结果各级官员拿这个借口加征“火耗”，这些银子都被各级官员分了。雍正知道官员俸禄很低，他们从火耗里贪一部分，也是没办法。不过因为没有统一的标准，各地老百姓交火耗有多有少，各级官员得到的好处也差别很大，无论老百姓还是官员，意见都很大。雍正推行“火耗归公”，就是把火耗的标准公开，火耗全部上交，再从火耗中拿出银子来，给各级官员发养廉银。雍正就是希望各级官员得到这笔钱后，不要再贪污，老百姓的负担也能稍轻一些。这个办法，还是起到了一定作用。

雍正还推行了一项新政策，叫“摊丁入亩”。清朝按人口征丁税，俗称“人头税”。这样穷人就不敢生孩子，生出来就要缴纳人头税，养不起。而当时因为战争，人口减少很多，大量耕地荒芜，国家急需增加人口。雍正取消了人头税，把这个税摊到土地当中，谁土地多，谁就多交税。这个政策一推行，地多的人负担增加了，地少的人负担明显降低，大部分老百姓都很高兴。没了人头税，生孩子顾虑就少了，人口开始迅速增加。

雍正通过实行多种改革，使中央权力得到加强，吏治得到整顿，生产恢复得很快。康熙末年国库空虚，到雍正末年，国库存银达到三千余万两。这些成就与雍正的勤政分不开。他在位十三年，共阅览中央及各省题本（相当于工作报告）十九万件，平均每年一万四千件，每日平均阅四十件以上。另外，他亲自做出批示的奏折就有三千多件，一年要批两百多件。他称得上是中国历史上少见的勤政皇帝。

雍正也有不好的方面，比如他性格暴躁，疑心比较重，对人太刻薄，对官员处罚太过严酷，等等。他对当年与他争皇位的兄弟下狠手整治，老八被圈禁致死；老九先是被发往西北，后来又被召到保定杀害；老十四是他一母同胞兄弟，因为与老八同属一党，被派去给康熙守陵，与软禁差不多。他还大兴"文字狱"，有人在奏折或书中无意中写的一句话，甚至用的一个词，他都认为是反对朝廷，反对皇上，就给人定罪，捉起来关进大狱，甚至砍头。

雍正有十个儿子，活下来的有四个。他吸取康熙年间皇子们争太子的教训，不公开立太子，以免太子被人陷害。他把看中的继承人写在诏书里，密封在一个匣子里，派人放到乾清宫"正大光明"匾后面；等皇帝去世后，打开匣子就知道谁是继承人了。这项制度叫

“秘密立储”。

1735 年 10 月初，雍正得病，当天还照常办事，两天后的晚上就驾崩了。他死得太突然，就有各种离奇的传说，有的说他被仇人割去脑袋，有的说他吃道士给他炼制的丹药中毒而死。现在更多的人相信，他是太过劳累，又加服食丹药慢性中毒而死。

雍正驾崩了，他秘密确定的继承人又是谁呢？

文治武功

雍正帝选定的皇位继承人是康熙帝和他都十分喜欢的弘历。

弘历的生母是雍正帝的熹贵妃,他本来有四个哥哥,老大出生不久就死了,没有排序;三个排序的哥哥,两个不大就夭折了,和他成人的只有三哥弘时。另外还有五弟弘昼、六弟弘瞻。三哥弘时触怒雍正,被消去宗籍,二十多岁就死了;五弟则对皇位一点兴趣也没有,天天和道士、和尚混在一起;六弟年龄很小。所以雍正帝驾崩后,弘历继承皇位没遇到任何阻碍。

1735 年 10 月雍正帝去世，数日后弘历就在太和殿继承帝位，并确定次年为乾隆元年,人们习惯上称他为乾隆皇帝。

乾隆帝一继位，立即对雍正帝时一些不好的做法进行了纠正。最主要的就是雍正帝太严苛了，对自己的兄弟子侄和一些大臣打击太严重,好多人被判了刑、削了爵。乾隆将一部分人释放出狱,恢复爵位,缓和了朝廷上层的紧张关系,大家都夸乾隆宽厚仁慈。乾隆也经常说为政还是宽一点好。

乾隆要解决的第二个问题,就是人多地少。雍正年间取消了“人头税”,老百姓都愿生小孩了。人多了,吃饭怎么解决?乾隆帝鼓励开垦荒地,扩大耕种面积;还推广精耕细作技术,提高粮食产量。南方的水稻,一般亩产二三石,多者达到亩产五六石,甚至七八石,产量提高了不少。他又提倡种植产量高的农作物,比如北方越来越多的人家种植地瓜和玉米,它们产量高,很多人因此能填饱肚子。他还让人们多种植棉花、烟草、茶树、甘蔗等经济作物。特别是棉花,直隶、河南等省种植面积增加了很多,他们自己用不了的,就运到江南赚几两银子补贴家用,同时也促进了纺织业的发展。

乾隆帝很喜欢读书,他精通蒙、满、藏等多种文字,对汉文化很喜爱,特别喜欢写诗,据说一生写了三四万首。他采纳大臣的建议,决定对各种书籍文献进行整理编纂,下了好几次圣旨,从全国各地征集图书。书店、刻房的书,可以给点钱算是购买,家里收藏的图书,官府可以派人抄录,抄完后将原书再还回。1773 年 2 月开始,乾隆帝组织人员编纂《四库全书》,领头的是大才子纪晓岚。先后有三百六十多位高官、学者参与编纂(zuǎn),参加抄写的更是有三千八百多人。编写大约用了九年时间,抄写又用了五六年,后来又进行检查、校对、补充,直至 1793 年编纂工作才全部完成,用了近二十年。这部丛书分经、史、子、集四部,所以取名“四库”。《四库全书》共收录了三千四百多种图书,七万九千多卷,约八亿字,远远超过历史上任何一部官修的丛书,卷数相当于《永乐大典》的三倍半。《四库全书》共抄写了七部,分别藏在皇宫中的文渊阁、圆明园内的文渊阁、奉天(沈阳)皇宫的文溯阁、承德避暑山庄的文津阁、扬州大观堂的文汇阁和镇江金山寺的文宗阁、杭州西湖圣因寺行宫的文澜阁。这部丛书是我国古代思想文化遗产的总汇，使许多有价值的古代典籍得以保存和流传下来。这是乾隆对中华民族传统文化做出的重要贡献。

乾隆还有更大的贡献，就是安定边疆，促进了国家领土完整和主权统一。

四川西北一带耕地少，交通十分不便，生产也不发达，生活在这一带的人好勇善斗，互相经常你打我，我打你。这一带从元朝开始就实行土司制度，朝廷封给土司（地方头目）官职，让他们管理地方；官职还可以世袭，父亲传儿子，儿子再传孙子，就像一个小朝廷。乾隆初年，这里的大金川土司日益强盛，就四处兴兵攻打他的邻居，弄得四邻不安。

乾隆十二年（公元 1747 年），乾隆决定教训大金川，便调动三万大军，分两路进攻。带兵进攻的川陕总督叫张广泗，他没把大金川放在眼里，觉得收拾这么个小地方很容易。开始官军进攻还算顺利，可是后来遇到了大金川的石碉，就束手无策了。这种石碉形状有些像寺庙的塔，用石块和黏土建筑而成，高二十米甚至五十米，里面分好多层，墙上有射击孔，储藏了足够的水和食物，易守难攻。张广泗攻了几个月也没有攻下来。后来朝廷又派大学士、军机大臣讷（nè）亲去带兵，结果也是损兵折将。

有人对乾隆皇帝说：“咱们老吃败仗，就是因为大金川的石碉不好对付。咱们不如自己建几个石碉，让士兵们先训练一下，再去打

的时候就有经验了。”

乾隆觉得很有道理,在北京西郊专门设了锐健营,仿建起石碉,训练八旗兵登云梯、攻碉堡。等训练得差不多了,再派大学士傅恒带着这些经过训练的精兵到前线。同时又从陕甘、云南、湖北、湖南、四川及京师、东北增派满、汉官兵三万五千名,加上原有的士兵共计六万人。还增添了一批大炮,战斗力增强不少。

大金川土司被围困了两年多,这时候已经是弹尽粮绝、兵困马乏,只好向朝廷请降。二十年后大小金川再次叛乱,这次朝廷用了三年时间才彻底平定。两次平定大小金川之战,耗费近七千万两白银,代价非常大。朝廷认识到土司制度是叛乱的根源,于是取消了这个制度,责令成都将军管理当地大小事务;又改设地方官府,派官员前往管理,结束了大小金川三十余年的混乱局面。

乾隆帝最为人称道的是收复新疆。新疆古称西域,汉代时朝廷就在西域各地设置地方政府机构,派官员进行管理。清初,清朝本来统一了蒙古各部,但后来蒙古一部又发动叛乱,成立准噶尔汗国,新疆便在准噶尔汗国的控制之下。准噶尔的汗王为了扩大势力,经常向蒙古部族进攻,康熙、雍正年间都曾派兵征讨,但都未能彻底平复。1750 年后,准噶尔汗王达瓦齐不得人心,上层贵族发生了争夺汗位的斗争,为了摆脱战争灾难,部分部族向东迁移,重新归顺清朝。乾隆帝认为平定准噶尔时机来临,1755 年 2 月,发兵五万直捣伊犁,达瓦齐兵败被俘。随后,朝廷用两年时间平定了叛乱。当时天山以南的大部分地方被大小和卓占据,1758 年年初,乾隆帝又调派官兵一万人南下，用了不到两年时间，平定了天山南路，天山南北重新回到祖国怀抱。乾隆帝取“故土新归”之意，命名为“新疆”。

乾隆帝晚年打的最重要的一仗是平定廓尔喀之战。廓尔喀也就是今天的尼泊尔，1788 年和 1791 年两次入侵西藏。1791 年，乾隆派福康安为督办大臣，领兵入藏增援，受到藏族官民的热烈欢迎。第二年二月，清军收复被廓尔喀占领的地方，随后越过喜马拉雅山，攻入廓尔喀境内，六七月间，一直打到了廓尔喀首都阳布（今尼泊尔首都加德满都）。廓尔喀这下服气了，称臣请降，许诺永不侵犯藏境。廓尔喀敢于两次入侵西藏，是因为西藏上层不团结，给了廓尔喀可乘之机；朝廷在西藏缺乏足够的权威也是一个重要原因。福康安认识到了这个问题，就请朝廷批准他起草的《钦定藏内善后章程》，加强了朝廷对西藏的管理，促进了民族团结。

平定廓尔喀之战后，八十二岁的乾隆帝总结了他打的十场胜仗，撰写了《十全记》，称为“十全武功”，他也自称“十全老人”“十全皇帝”。乾隆帝的“十全武功”，虽然带来了较大的财政负担，但总体上说，打击了分裂叛乱势力，巩固了边疆，促进了多民族国家的统一。乾隆时期的我国疆域，东北至外兴安岭、乌第河和库页岛，北达恰克图，西到巴尔克什湖和葱岭，南及南沙群岛、西沙群岛，东南到澎湖列岛、台湾及其附属岛屿钓鱼岛。

乾隆时期国库存银很多，经常保持在六七千万两之间，全国已开垦土地达七亿八千万亩，人口在乾隆六十年（公元 1795 年）接近三亿，国土广袤，国力强盛，各民族都兴旺发达，达到了康乾盛世的高潮。这是清王朝的历史业绩，尤其乾隆个人的雄才大略，起到了很大作用。

我们经常说，人无完人，乾隆帝也有一些过失。比如，在编纂《四库全书》的过程中，发现对清朝统治不利的书籍就查禁、销毁和删改。据粗略估计，可能有三千多种图书被销毁。乾隆时期还大兴文字狱，书籍或文章中稍有对清朝统治不满的，书被销毁，著书者下狱，甚至被杀害。甚至有一些文章并没有反清之意，却非要捕风捉影。结果读书人都不敢再议论朝政，把主要的精力和时间用在读死书、死读书上。

英国使团

1792年冬，乾隆收到了两广总督的奏折，附带着寄来了英国官员的一封信，信中说："英吉利国王听闻天朝大皇帝八旬大寿，要派一个叫马戛尔尼的大臣到北京来，希望大皇帝能够赏见此人。马戛尔尼带有进贡的贵重物件，为了避免损坏，由水路直接到天津。希望天朝允准。"

这是英吉利国要来进贡啊！乾隆当然高兴。可是，英吉利国在什么地方呢？他不知道，大臣们更无人知道。大臣们都说，一定是一个无足轻重的蛮夷小国。无论大国小国，反正大老远跑来给皇帝祝寿是好事，乾隆命令沿海各省地方官要照顾好、接待好。

1793年6月底，英国使团到达舟山。使团船队中最大的是"狮子"号军舰，这是英国海军提供的，装有六十四门火炮，还有几只小救生艇。另一艘是载重一千二百吨的"印度斯坦"号大货船，这是英国东印度公司提供的，船内装着送给乾隆皇帝的大量礼品，还有一些东印度公司的货物。

使团正使是乔治·马戛尔尼伯爵，他是国王的亲戚，也是一位很有经验的外交官，刚与俄国签订了商务条约，给英国争取到了不少权益。英国国王派他来，就是希望能从中国获取商业方面的权益。使团副使乔治·斯当东男爵，是马戛尔尼的好朋友，也很有外交经验。使团的其他人员有神父、哲学家、医生、机械专家、画家、制图家、植物学家、航海家以及有经验的军官等。马戛尔尼带这些专业人员来，是希望与清朝的专业人员交往起来方便。

英国使团在舟山受到了很好招待，补充了水源和食物。地方官还派人备办牛、羊、鸡、鸭、米、面、柴、炭、茶、烛等送至使团船队。根据马戛尔尼的请求，地方官派出两名引水员，登上“狮子”号和“印度斯坦”号引航。使团船队到了大沽口，直隶总督亲自宴请他们，并且派人给“狮子”号送来了四桌丰盛的宴席，每桌仅菜和水果就有四十八种之多，让英国使团惊讶不已。

这仅仅是开头。

然后又来七艘大船，送来的食物更是惊人：公牛二十头，羊一百二十头，猪一百二十头，鸡鸭各一百只，面粉一百六十包，西瓜一百个，甜瓜三千八百个，桃脯、蜜饯、水果、蔬菜各二十盒，大条黄瓜二十篓……看到中国人这样慷慨，马戛尔尼对完成他的使命充满信心。

英国人带来的六百箱礼物，先是由船沿运河运到通州，然后由陆路起运，由骡车运往北京，然后保存到了圆明园。在使团队伍前面，由一名中国人打着一面旗子，上面写的是“英吉利国贡使”。马戛尔尼与前来迎接的官员交涉，说明他们是大英帝国的使团，大英

帝

国 是 与

中国同样伟大的

国家，他们不是来进贡的属国。前来迎接的官员告诉他，世界上唯有大清是天朝上国，没有国家能与天朝上国并列。

马戛尔尼说："尊敬的大人，我必须向您说明，英吉利是世界上的强国，在世界上率先使用蒸汽机，数以万计的造纸厂、面粉厂、纺织厂、铁厂、酒厂、船厂、自来水厂里，到处发出蒸汽机的轰鸣，英吉利国因此变得富甲天下。依靠蒸汽机，我们的轮船可以不用借助风力就能航行海上；我们生产新式枪炮，军队因此变得强大。"

然而负责接待的清朝官员，似乎对此一点也不感兴趣。他说：“大清什么也不缺，没人对你们的蒸汽机感兴趣。我要向你们交代的是，觐见我国大皇帝的礼仪。按照惯例，不分中外，所有觐见大皇帝的人，都要双膝跪地，三跪九叩，包括朝鲜、越南、琉球、廓尔喀等属国是这样，意大利、荷兰、葡萄牙的商人、传教士也是如此。”

但是英国使团不打算行跪拜礼。消息报给乾隆皇帝，他很不高兴。有大臣对乾隆帝说：“英吉利国来给皇上祝寿，毕竟是件从来没有过的好事儿，不妨变通一下。”乾隆帝想了想，觉得有道理。

马戛尔尼使团全体人员，再加上警卫的骑兵、炮兵和步兵，浩浩荡荡从北京赶往热河行宫（今承德避暑山庄）。乾隆正在这里避暑呢，他的寿诞也在这里举办。快到热河时，终于有大臣向马戛尔尼传话道：“大皇帝开恩，特准你们以英吉利国礼仪觐见，你们打算怎样行礼呢？”

马戛尔尼说：“我们觐见国王，单膝跪地，然后亲吻国王的右手。”

这位官员上报后再次告诉马戛尔尼：“单膝跪地准了；但亲吻我大皇帝的手，不准。”

1793 年 9 月 14 日早晨，马戛尔尼和副使斯当东及数十名随员，来到热河行宫万树园皇帝御幄前。天色微明中，王公大臣全部肃静地在御幄（wò）前等候。立等了一个小时，突然间鼓乐齐鸣，乾隆皇帝乘坐十六人抬的大轿缓缓向御幄而来。所有的官员趴伏在地，马戛尔尼数十人行单膝礼，格外显眼。

马戛尔尼在礼部官员的带领下，捧着一个镶着珠宝的木匣来到乾隆御座左侧，单膝跪下，呈上宝匣。里面装着英国国王的国书。乾隆接过宝匣，并不打开看，顺手递给身边的大臣和珅，赐一柄绿色玉如意给马戛尔尼本人。马戛尔尼见状，立刻取出两枚镶嵌钻石的金表回敬。他还把副使斯当东引荐给乾隆，乾隆也赐给斯当东一柄绿色玉如意，斯当东敬给乾隆两支装饰华丽的英制气枪。

寿宴结束，有专门官员陪同英国使团参观热河行宫。马戛尔尼趁机向陪同的官员介绍他们带来的各种礼物，但陪同的官员一点也不感兴趣。他听说武英殿大学士福康安是位战功赫赫的将军，而且深受乾隆皇帝的宠爱，就设法见到福康安，巴结他说："福大人是中国著名的军事家，精通兵法，中外驰名，鄙使久仰大名，十分仰慕。我带来的卫队很愿为大人表演欧洲火器操，也愿意向福大人展示我们最新的枪炮。"

没想到福康安也不感兴趣，说："这种军器操法，想来也没有什么稀奇，不看也罢。我们打仗最看重的是勇气，至于枪炮，我们自己也有。"

这时候，和珅已经派人来打探英国使团的行程，显然，主人已经下了逐客令。马戛尔尼此行可不是为了来祝寿，他的真正使命还没开始呢，怎么能就这样回去呢？他一着急，就病倒了。他撑着病体，写了一封信，提出了他此行的几项要求，并希望能够在北京多留几日，与中国大臣正式面谈。

在北京，和珅奉乾隆帝的命令与马戛尔尼见了一面，进行了一场十分简单的“谈判”。

马戛尔尼说:“请准许我国派一名官员常驻北京，照管本国商务,也方便与贵国交往。”

和珅答复说:“这与天朝体制不合。京城是天子驻地,从来不允许夷人居住,更不允许外人在此经商。”

马戛尔尼又请求道:“贵国只准在广州经商,太不方便。请准许英国商人到宁波、舟山、天津进行贸易。两国货物贸易,互通有无,对两国都有好处。”

和珅批驳说:“只能到广州一口去贸易,其他地方都不允许。大清国富甲天下，什么也不需要。准许你们来贸易，是对你们的恩赏。”

马戛尔尼希望在舟山附近划出一个小岛，归英国商人居住、歇息。和珅说:“这一条更不会答应,天朝每寸土地都不能划给外人。”

马戛尔尼希望能对英国商人少收一点税。和珅说:“英国人不能特殊,只能和别国一样,照例公平抽税。”

马戛尔尼又说:“本使敬献的六百箱礼物,十分丰富,有天文、地理仪器,图书、车辆和新式机器。还有装了一百一十门火炮的‘君主’号战舰模型,以及榴弹炮、迫击炮和卡宾枪、步枪、连发手枪等。我想大人一定会感兴趣。”

和珅说:“好,我抽空会去看看。实话说,大清地大物博,并不贪图各国进贡的礼物。”

马戛尔尼这次出使中国,一无所获,万分失望。而对中国来说,

也是一件十分可惜的事情。当时清朝从乾隆皇帝到文武大臣，都骄傲自满，闭关锁国，并不知道欧洲正在进行工业革命，错失了发展科技、发展工商业的机会。

六下江南

乾隆皇帝执政时期，是康乾盛世的高峰，他不会相信世界上还会有什么国家，能比大清更强大。生活在这样的时代，他一点也不注意节俭，花钱大手大脚，浪费很严重。

比如皇太后寿辰，在京的文武百官和各地封疆大吏、富商巨贾，都想着法子搜求贡品，网罗能工巧匠，置办各种奇异珍玩进贡。京城更是热闹，从皇宫的西华门到清漪(yī)园(今颐和园)，几十里路张灯结彩，数十步就设一个戏台。乾隆七十岁、八十岁生日，盛大的排场，更是历史上少见，不知花费了多少银子。

乾隆皇帝还喜欢大兴土木，圆明园由原来的二十八景扩建到四十景，承德避暑山庄由三十六景扩建到七十二景。为给皇太后祝寿修建清漪园，更是历时十五年，不知耗费了多少银子。

乾隆皇帝还办了两次千叟(sǒu)宴，花销也不少。办千叟宴不是他开的头，康熙年间就办过两次，请上了年纪的人到宫中赴宴，一是表示敬老，二是表示与民同乐，争取民心。乾隆事事学习皇祖父康熙。公元1785年，他即位五十年，又年过古稀，就效法康熙办了一次千叟宴,邀请年龄六十岁以上的老人三千多人赴宴。到了他当了太上皇,于八十岁那年又搞了一次,这回邀请七十岁以上的老人五千多人,在皇极殿设宴。除了王公大臣以外,老兵、老农民、老工匠、老秀才、老商人都有;不仅有大清国的人,大清属国朝鲜、安南(越南)、暹(xiān)罗(泰国)、廓尔喀(尼泊尔)的也请了一些。乾隆亲自给官位大的、年过九十的敬酒,其他老人则由皇子皇孙和侍卫们敬酒。宴席菜肴十分丰富,还有戏班子演出。除了吃喝以外,还有礼品,根据年龄和官职不同,发给如意、寿杖、朝珠、貂皮、摆件等。

如果说耗银最多、百姓意见最大的事情,应该是乾隆皇帝六次下江南。下江南也不是乾隆皇帝的首创,他也是跟皇祖父康熙学的。在清代,一提江南,大家往往想到的是江宁府、苏州府、扬州府和杭州府。这些地方自古经济就比较发达,尤其京杭大运河开通后,交通便捷,百货云集,成为中国最繁华的地方,也是给朝廷缴纳赋税最多的地方。

乾隆皇帝为什么总是往江南跑呢?第一个原因是督促地方兴修水利。那时候黄河还是走南路,从江苏入海。黄河总是闹水灾,所以从康熙的时候,就特别重视治理黄河。除了黄河外,江南水网密布,下雨多,也经常发生水灾。乾隆下江南除了视察黄河外,还督促浙江江苏建了不少堤坝海塘,解决海潮水患。第二个原因就是收服人心。明末清初,清军在江南杀了不少人,这里也就成为反清最厉害的地方。国家统一后,朝廷要千方百计安抚江南,争取民心。康熙、乾隆到江南,一遇到有才能的人就升官。乾隆皇帝每次下江南,都给江南增加秀才的名额，每次都专门考试，选拔优秀人才。第三个原因是减免赋税。江南经济发展得好，不过百姓负担也很重，江苏、浙江两省上缴的钱粮占全国的三成左右，食盐税相当于全国的七成左右，关税占全国税额总数的一半。一遇到灾年，百姓就很难完成钱粮任务。乾隆每次南巡都会免除困难地方的赋税，总计六次南巡免了一千多万两。另外，还顺路考察、了解地方官员是否称职。这些做法百姓还是很欢迎的。

不过，乾隆下江南还有一个原因，那就是游山玩水。每次太后、皇后、妃子、王公亲贵、文武官员成百上千的人，说不是游玩，谁也不信啊。比如第四次南巡，在苏州游览各处园林前后八天；在杭州游览西湖美景，题诗作赋，一住就是十二天；回京途中再过苏州，又游玩六天。这次南巡前后用了一百二十六天。

皇帝和后妃乘坐的御舟再加随行官员用船，要用三四百艘，用纤夫三千多名，分六班轮流拉纤。为搬运

帐篷、衣物、器具，动用马六千匹，骡马车四五百辆，骆驼八百头，征调夫役近万人。自北京至杭州，往返路程近六千里，途中修建行宫三十多处，每隔二三十里设一座尖营，供应饮食。所到之处，地方官员办差接驾，务求华美，搭彩棚、办酒筵、搜罗土特产品、进献山珍海味。还要从全国各地运来许多食物，连饮水都是从北京、济南、镇江等地远道运来的著名泉水。

南巡大队人马沿运河南下，沿途地方官都要挖空心思博乾隆欢心。运河两岸搭满彩棚、戏台，凡是皇上能够看得到的地方，统统要粉刷一遍。尤其是江南的盐商财大气粗，为了弄出点新花样，不知费了多少心思，花了多少银子。第五次南巡的时候，乾隆远远看到岸上有一只巨大的红色桃子，绿叶相衬，十分可爱。御舟接近时，忽然放起烟花，光焰四射，照耀得人的眼睛都睁不开了。忽然巨桃裂开，里面原来是个戏台，上面有几百人正在表演。这是专为乾隆南巡排演的新戏，叫寿山福海。这样豪华新奇的演出，让乾隆赞不绝口。

有一次南巡时，乾隆到了扬州大虹园，对身边的人说："这个地方很像西苑北海的琼岛春阴，可惜没有塔。"乾隆这话被一个大盐商听到了，他拿了一大笔银子贿赂皇帝身边的人员，得到北海春阴塔的造型图纸，用了很短时间仿造出了一座塔，让乾隆皇帝惊叹不已。

扬州西北郊的山上，有一个叫平山堂的景点，是宋朝的大文人欧阳修在当扬州知府时修建的，文人墨客喜欢到这里吟诗作赋。乾隆皇帝听说了,要到这个地方来看看。为了取悦皇帝,还是由大盐商出资,专门移来了一万棵梅花种在堂前。

乾隆皇帝到平山堂这样的地方,随行人员很多,道路狭窄了不好通过,就要沿途扩修道路,称御路。为了修御路,要占良田,甚至扒掉百姓的房屋。修路的花销,也要摊派到百姓头上。强行摊派百姓劳役,那就更不必说了,老百姓因此怨声载道。再就是花销实在太大了,乾隆六次下江南,大约花费了七千万两白银,国库都快被掏空了。有大臣上奏劝说,结果惹得乾隆老大不高兴。乾隆年老了,总算认识到南巡的坏处,对身边的大臣说:“朕当皇帝六十年,并没有犯大的过错,只有六次南巡劳民伤财,危害不小。将来皇帝不要学朕,如果他要南巡,你们得劝阻他,不然就是对不起朕。”

乾隆皇帝有这样的认识当然是好事,不过已有点儿晚了。他终生过着锦衣玉食的生活, 丝毫没有节俭的意思, 下面的人也都学他,皇亲国戚、达官贵人,都是挥金如土、浪费无度。官员的俸禄有限,要维持这种花天酒地的生活和排场,就得想办法弄钱,结果整个官场贪污腐败,出了一大批贪官。其中,最有名的大贪官叫和珅。

和珅是满洲正红旗人,父亲在福建当副都统,家境本来不错。可是,三岁时母亲去世,九岁时父亲又去世,家境一下败落了。幸亏得到一位老家丁的照顾,他和弟弟才不致流落街头。后来他入宫当了一名三等小侍卫,有一次乾隆皇帝说起《论语》,他竟然能顺口接出下句,令乾隆对他刮目相看。和珅读书多,精通满蒙藏文,办事又机灵,又善于察言观色。乾隆皇帝越来越离不开他,后来军国大政也与他商量。二十多年间，和珅的官越做越大，当上了军机大臣、文华殿大学士，还兼着内务府总管、领侍卫内大臣、步军统领等十几个重要职务。乾隆还把女儿嫁给了和珅的儿子，和珅成了皇亲国戚。随着官越升越高，和珅胆子越来越大，贪污受贿，什么事情也敢干。好多人参他，但有乾隆护着，往往受点小小处分了事。

1799年正月，太上皇乾隆驾崩，嘉庆帝立即宣布和珅的二十条大罪，下旨抄家。从他府里搜出的金元宝一千个，银元宝一千个，赤金五百八十万两，生沙金两百万余两，元宝银九百四十万两，高三尺六寸的珊瑚树八株，珊瑚素珠五十七盘，每颗重二两的大东珠六十余颗，珍珠手串两百三十六串，府内的珍玩、玉器、钟表、瓷器更是数不胜数。此外还有当铺七十五家、银号四十二家、古玩铺十三家、地亩八千余顷。和珅的财产到底有多少，有不同的说法，最少的估值是八亿两，大约相当于当时清政府十五年的收入。所以时人称"和珅跌倒，嘉庆吃饱"。本来和珅判的是凌迟处死，可是他是乾隆女儿的公爹，最后赐他用白绫上吊自杀。

乾隆驾崩，和珅自杀，很有象征意义。此时康乾盛世落下帷幕，农民起义不断，清王朝由盛而衰，谁也无力回天了。

嘉庆遇刺

乾隆事事学康熙。康熙在位六十一年，乾隆表示不能超过皇祖父，1795 年他在位六十年的时候，禅位于第十五子颙(yóng)琰。颙琰登基，年号为嘉庆，人们习惯上称他为嘉庆皇帝。不过他登基后并未掌握实权，因为乾隆又继续训政，当了三年多的太上皇，直到 1799 年 2 月 7 日去世，嘉庆才真正执掌大权。

嘉庆掌权后，第一件事就是处死大贪官和珅。他用实际行动向全国表示，他特别憎恨贪官。他要求各级官员都要崇尚节俭，再也不能奢侈浪费了。他知道老百姓日子过得很苦，要求地方官员要据实报告民间的情况，不能欺骗朝廷；要勤政爱民，不能再像从前得过且过。他希望尽快扭转清朝走下坡路的局面。可惜，他的这些努力效果不大。

当时，全国人口增加很快，耕地虽然增加了一些，但不能满足人口增长的需要。尤其是贪官、地主把大量土地购买到自己手中，许多百姓无地可耕，生活十分贫困。吃不上饭，就一定会有人造反。嘉庆年间全国百姓造反接连不断，尤其是陕西、四川、湖北一带的白莲教起义，前后持续了九年，让嘉庆大伤脑筋。

中国历史上的农民起义，常常借助宗教的力量。白莲教早已经在民间秘密流传，据说从唐朝的时候就有了。到了清朝时期，白莲教宣传有福同享、有难共当、教中财产平均分给教众，即使身上没钱，也可行走天下。当时四川、湖北等地贪官污吏横行，又加上大量流民涌入，加入白莲教的人很多。1796 年 2 月 15 日，白莲教首先在湖北宜都、枝江一带发动起义；受湖北影响，四川各地的白莲教也开始响应。开始几年是由乾隆亲自指挥镇压起义，当时无论官军还是地方官，贪污成风，战斗力不行，起义军转战湖北、四川、河南、陕西等地，拖得官军狼狈不堪。嘉庆亲政后，亲自指挥镇压白莲教，一上来就严惩贪污粮饷的文武大员，几年间有二十多个一二品大员受到处分，军中和地方贪污粮饷的风气才有点儿好转。他又要求对教民区别对待，只是从教但没有造反的教民不要治罪；又把没收的财产分给贫困的教民，或者拨给耕地让他们种。这样一来，跟着白莲教造反的人越来越少，1804 年白莲教起义失败。这九年间，清廷花销了两亿多两白银的军费，国力大大削弱了。

1803 年春，嘉庆帝从圆明园回皇宫，在大队人马护卫下进了神武门。下轿要步行进入顺贞门时，突然从旁边的房后蹿出一个人，举着小刀向他刺来。守护在神武门内东西两侧的一百多名侍卫、护军，个个吓得呆若木鸡，没有一个上前拦阻捉拿。幸亏御前大臣定亲王绵恩、乾清门侍卫丹巴多尔济等数人上前拦挡，才把刺客拿下。绵恩的袍袖被刺破，丹巴多尔济被刺伤。

嘉庆认为刺客背后一定隐藏着大秘密，命人立即严加审讯。经过一番审讯调查，得知刺客名叫陈德，是汉军镶黄旗人，早年曾在山东青州、济南府一带做过家奴、佣工。他有个外甥在北京当护军，他就投奔外甥，先在内务府当差，后来和老婆一起到一个官员家中当厨役。审讯的官员问他："你好好地当你的厨子就是了，为什么要来刺杀皇上？"

陈德说："我老婆死了，留下两个孩子。我工钱很少，生活得很苦。我不想活了，又不想在世上白走一遭；就想刺杀皇上，能在世上留下个名声了。"

陈德刺杀皇上的理由很不可信，但他一口咬定绝不改口。嘉庆皇帝对军机大臣说："如果严加刑讯，他胡乱咬人，那就不好了。算了吧，不必再审了。我想，一定是朕有做得不好的地方，才有这件离奇的事情发生。朕只有好好修德，勤政爱民，多从自身上找错误吧。"他下令将陈德凌迟处死，陈德的两个儿子也被绞死了，负责护卫的官员十几人受到处分。

光天化日，公然刺杀当今皇上，这在大清立国以来从没有过。没想到几年后，还有更让嘉庆帝惊讶的事——天理教徒竟然攻进了皇宫。

天理教是一个叫林清的人创立的。他是直隶大兴县人，在衙门当过小吏，在药铺当过学徒，还当过纤夫，干过小买卖，是个吃过不少苦的人。后来他入了八卦教，很快就成了京城一带八卦教的头目。他身上有江湖侠气，得了钱财，谁向他借顺手就借给，很得人心。加入八卦教的人越来越多,缺吃少穿的贫苦农民加入进来,一些做小买卖、搞小加工的,还有一些小官吏也加入了进来。人数一多,临清的野心就大了,把八卦教改名为天理教,自任首领,自称"天理王"。

林清结识了河南滑县八卦教徒李文成,与他结为把兄弟。他亲自到滑县帮助李文成控制了滑县一带的八卦教,也改名为天理教。与滑县相邻的山东的几个县,也有八卦教在秘密流传,首领冯克善与他们联系,也改为天理教。天理教的人数达到了好几万。他们几个人就密谋于1813年9月发动起义。河南、山东先举义旗,然后大队人马直奔京城支援。北京的林清计划九月十五日在京城起义,与河南、山东人马里应外合,夺取京城。

1813年9月初,河南滑县起义计划被官府发觉,李文成被捕入狱。官府对李文成严刑拷打,把他的小腿都打断了。但他咬着牙不肯招供。李文成的手下见头领被捕,就提前发动起义,五千多教徒攻下了县城,救出李文成。山东的冯克善也起义响应。滑县周边及鲁西的几个县都发动了起义,声势十分浩大。但因为官军有了准备,起义军无法北上。

北京的林清不知道南边起义的事有变,按时于九月十五日派人进攻皇宫。皇宫戒备森严,攻打皇宫那不是送死吗?原来天理教的教徒中有一部分太监,他们说嘉庆皇帝在热河围猎,宫中警卫不严。林清派了两拨人,一共两百多人,由太监接应,计划分别从东华门、西华门进入皇宫。东华门的那拨人,与门外过路的人发生争执,一生气便拿出家伙要打架，被东华门的护军看到了，立即关闭城门，只有五个教徒挤了进去。他们在前面跑，护军在后面追。追到景运门时，宫中的太监和护军围住了五名教徒，很快两个人被打死，三个人被打伤。

嘉庆帝的确不在宫中，在宫中坐镇的是二皇子绵宁。因为老大早就死了，绵宁实际上就是老大。绵宁当时正在上书房读书，一听太监报告有歹人冲进皇宫，立即提着一杆鸟枪跑了出来。他一面派人出宫去调兵，一面安排保护宫中后、妃。这时候，西边的隆宗门吵嚷得厉害，原来从西华门进攻的教徒得手了。他们中的三四十人在太监的接应下冲进西华门，先是杀了好几个太监，又冲进文颖馆杀了几个编修，然后攻到了隆宗门。他们在外边强攻大门，里边的太监就把门关得死死的。隆宗门的院墙并不太高，这时候有人翻上墙头，马上就要跳进来了。绵宁举枪瞄准，叭的一声，一个人从墙上滚下来；再打一枪，又一个被打中。这两枪准头很好，把爬墙的人镇住了，没人再敢翻墙。这时候，宫外的援兵到了，隆宗门外的人死的死伤的伤，投降的投降。

嘉庆帝得到消息时，正在从热河赶回的路上。有人敢攻打皇宫，本来就让他惊讶；而且竟然还真攻进了宫中，更是让他觉得震惊、愤恨。当时有传言说，有三千“教匪”要来攻打皇上的行驾。“教匪”们连皇宫都攻得进去，战斗力一定很强！随行的大臣和兵丁都吓得脸色苍白。嘉庆帝故作镇定，说：“你们不用怕，真有匪徒来，你们全力进攻，朕在这里观战。咱们君臣一心，一定能够打败匪类。”

嘉庆帝回到京城，到隆宗门去察看现场，这时大家才发现，隆宗门的匾额上还有一支箭，是教徒攻打大门时留下的。护军要搬梯子来取下箭，嘉庆没让人取。他说："把这支箭留在这里吧，算是对后世一个警示。"他十分伤心，又对大臣们说，"我大清从前何等强盛，怎么现在竟然发生这样的事情！我惩治贪官，也十分节俭，更没做对不住百姓的事，他们为什么总是造反呢？"

他亲自审问林清，问他为什么要造反。林清说："我就是要把你们赶回关外去。"

只有区区两百余人，就敢攻打皇宫，竟然想把大清的皇帝赶回关外去！如果汉人都这样想，那是多大的危险！嘉庆又害怕又羞愤。他下令把林清凌迟处死，又把他的妻子、儿女、亲属及其他被捕者三百多人全部处死。他还下了一道《遇变罪己诏》，大意是说，我虽然没有什么爱民的政绩，但也没有残害百姓，为什么会有人造反杀入大内？现在只有自我反思，改正错误，上报苍天，平息民怨。众大臣如果还是大清国的忠臣，就应该赤心报国，帮我改正错误，不要占着位置，增添我的罪过。

这几件事对嘉庆打击很大。他心情很不好，心劲儿也大不如从前了。

又过了六七年，1820年 8 月底，嘉庆在去热河行宫路上受了风寒，他也没当回事，当天晚上还在批阅奏折。谁料 9 月 2 日，忽然心慌气短，晚上就驾崩了。绵宁继承皇位，改名旻(mín)宁，年号道光。道光帝的日子比嘉庆帝还难过，因为他遇到了一个大麻烦——鸦片。

虎门销烟

英国人一门心思要把他们的产品卖到大清赚钱，但是大清并不需要英国人的商品。英国商人后来发现，只有鸦片这种东西大清没有，他们就想着法儿向大清卖鸦片。

鸦片一开始卖到大清，是用来治病的药材。后来有人像抽烟一样吸食，觉得很舒服，也很提神，比抽烟还好，称之为“抽大烟”。但鸦片是毒品，比抽烟的危害大得太多了。开始抽的时候，好像没什么危害，可一旦吸食就会越来越离不开它，人的身体也会越来越差，会瘦得皮包骨头，什么事情也干不了。有的人家因为家里有人“抽大烟”，不但不能劳动养家糊口，还要花好多钱买鸦片，结果弄得倾家荡产。还有不少人中毒太深，就死掉了。

那时候英国人已经占领了印度，设立了东印度公司，在印度大量种植鸦片。他们把鸦片加工成圆球状，然后装到箱子里，再装上船，一船船运到广州。广州的鸦片贩子再卖到大清各地，把大量金银财富交到了英国商人手里。英国商人因此赚到了很多钱，英国政府也从中收了很多税。

大清皇帝和官府也认识到鸦片害人，也害国家，好几个皇帝也都下令，禁止鸦片买卖。但鸦片商人送了好多钱财给办事的人，结果根本禁不住。全国上自达官贵人，下至贫苦百姓，“抽大烟”的人越来越多，危害也就越来越大。

到了1838年，每年从广州进口的鸦片达到了四万多箱，每箱大约一百斤，那就是四百万斤！英国商人从清朝运走白银每年近两千万两。好多人向道光帝提出来，要禁烟。其中有一个叫林则徐的官员，当时他当湖广总督，上奏折给皇帝说，如果再不禁鸦片烟，十几年后，国人身体受害，就没有人能当兵打仗了；大清财富外流，就没有钱给士兵发军饷了。道光帝是个很节俭的人，他的龙袍上都打补丁。英国人靠鸦片赚走中国这么多白银，道光当然心疼，他下决心要禁烟。他把林则徐召到北京，几天内连续与林则徐讨论了八九次，商量禁烟的办法。他很赞赏林则徐，派他为钦差大臣，到广州去禁烟。

要禁绝鸦片，可不是那么容易的。首先英国人不答应，很容易引起中外冲突。大清靠贩卖鸦片发财的人也不高兴，那些靠收鸦片贩子钱财的各级官员也不高兴。当然，那些抽大烟成瘾的人，没了鸦片，简直是要他们的命，他们也不高兴。大家都知道要禁烟很难，弄不好，轻则丢官，重则丢了性命。林则徐的老师很为他的前程担心，难过得掉泪。林则徐对老师说：“我也知道这件事很难办，但对国家有利，我就得尽力办好，不给老师丢脸。至于对个人来说是福是祸，也就顾不上了。”

当时已快过年了，但林则徐禁烟心切，星夜兼程赶往广州。到了广州，他与两广总督邓廷桢、水师提督关天培一起商量禁烟的办法，争取两个人的支持。邓廷桢管着广东、广西的文武百官，关天培指挥广东水师，得到他们两人的支持，林则徐的禁烟就顺利多了。

大清并不产鸦片，都是外国人运来的。林则徐认为，只要外国人不再向清朝运来鸦片，就能把这个危害除掉了。他给在广东经商的外国人下通知，让他们缴出所有鸦片，并写下保证书，以后再也不向大清运销鸦片。鸦片是毒品，众所周知，鸦片商人交出鸦片天经地义。美国商人按林则徐的要求交了出来，但是英国商人不肯交，也不肯写保证书。林则徐就下令不让他们出门，不给他们吃喝。

开始，英国商人们打算像从前一样，给林则徐送点钱，以为这样林则徐就能放过他们。可是，他们发现林则徐不收钱，是真心要禁烟。最后他们没办法了，就打算交出鸦片。当时英国派到大清管理商务的官员叫义律，他是个很狡猾的人。他打算把事情闹大，靠武力征服大清。他不让商人们直接交出鸦片，而是交给他，再由他以英国政府的名义交给林则徐。这样，本来是商人交出鸦片，现在变成英国政府交出鸦片，为英国发动战争找到了借口。当时清朝的官员缺少外交经验，也没看出义律的诡计。

义律经手交出了运到广州的所有鸦片，有两万多箱，两百多万斤！林则徐选择在虎门镇收缴鸦片。鸦片船一批批开到珠江口，一箱箱交给清朝官员，再由他们用小船运到虎门，存到寺庙和专门搭起的棚仓里。从缴收鸦片到路上运输再到虎门入库，林则徐都制定了严格的制度，不让一两鸦片流出去。等收完了鸦片，林则徐立即报告了道光皇帝，请示这些鸦片怎么处理。道光皇帝下令在虎门就地销毁。

从前林则徐销毁鸦片，办法主要是用火烧，把鸦片放到一口大锅里，拌上桐油，点火烧掉就是。可两百多万斤鸦片，再用锅来烧，那得用多少口锅，而且还要浪费好多桐油，这个办法行不通。有人建议在地上挖大坑，把鸦片在坑里烧掉。这个办法也不行，鸦片烧掉后，会有一部分渗进泥土里，那些吸食鸦片的人会把泥土挖走，再把里面的鸦片熬出来，还是会害人。

有什么好办法能够方便地把鸦片销毁，又不会再产生危害呢？

林则徐拜访了好多人。有一个东南亚的医生告诉他，把鸦片泡到水里，再加入生石灰，就会发生化学反应，就能把鸦片彻底销毁，再也无法吸食。林则徐按他的办法试了试，果然很好。

虎门镇上有一条河，是珠江的支流。林则徐命人在河边挖了两个大方形池子，在涨潮的时候把水引进池里，用来销毁鸦片，落潮的时候就把水放走，让鸦片残渣冲到水里去了，能够销毁得干干净净。为了防止鸦片渗漏，水池底部铺上石板，池子四周又钉上木板。

当时有外国人造谣说林则徐只是做做样子，销毁一部分鸦片，大部分要偷偷卖掉。为了打破外国人的造谣，也为了展示大清禁烟的决心，林则徐决定邀请外国人和当地百姓到虎门观看销烟过程。他命人在销烟池旁搭建了一个观礼台，居高临下，可以监督销烟的过程。

1839年6月3日，是虎门开始销烟的日子，附近百姓都来看热闹，真是人山人海。销烟池里的鸦片已经泡了很长时间，这些鸦片原本都是球形，为了方便销毁，都割成小块。销烟池外扎了栅栏，把人群隔离，并专门有士兵驻守，以免有人偷盗。林则徐和广东高级官员全部登上观礼台，他一声令下，销烟正式开始。

几十个青壮男人，只穿一条宽松短裤，抬着石灰，拿着钉耙来到销烟池边，把一筐筐石灰倒进了池中。石灰与水发生反应，水面上咕嘟咕嘟冒起水泡，整个销烟池都沸腾起来。销烟池内外水汽升腾，空气中弥漫着一股臭气，附近的温度也因此高了不少。

销烟的人们又拿起钉耙，在水中搅拌，让鸦片与石灰水彻底混合。池子太大，中间部分钉耙够不到。林则徐早就想到了，让人在池子上搭了几块木板，人们踏上木板，到中间去搅拌。温度太高，气味又难闻，销烟的人有的晕倒了，被立即抬下去休息、治疗。

销烟池里的气泡越来越少了，鸦片已经被彻底销毁。林则徐下令打开闸门，把水和鸦片残渣放到河里去。闸口都设了铁丝网，没有彻底销毁的鸦片块被挡了下来，再重新进行销毁。

水和鸦片残渣放光了，有专门的官员下到池底，检查是否还有残留。

一个完整的销烟过程结束了，整个过程非常巧妙，大家都赞叹不绝。当时有不少外商、领事、外国记者、传教士，专门从澳门或其他地方赶来参观。他们本来是抱着怀疑的态度来的，现在看了销烟过程，也都服气了，有的还脱帽向林则徐致敬。美国传教士裨(bì)治

大

文在《清朝丛报》中记述："我们已经反复检查销毁过程，他们在整个工作进行时的细心和忠实，远远超过我们的预料。这位林大人是了不起的人，他是真心要把鸦片这个祸害除掉。"

从 1839 年 6 月 3 日开始，到 6 月 20 日虎门销烟结束，共销毁两百三十七万斤鸦片。道光皇帝下旨称赞林则徐，全国各地听到消息，大多数人也都颂扬林则徐。

也有人不高兴。那些靠贩卖鸦片发财的人憎恨林则徐。英国鸦片贩子回到英国四处鼓动战争，中英鸦片战争马上就要爆发了。

鸦片战争

英国的鸦片贩子回国后到处宣传他们在大清受到迫害，英国的尊严受到侮辱，鼓动发动战争。贩卖鸦片是不光彩的事情，英国人自己也知道。所以，英国也有人反对为鸦片发动战争。

英国当时工商业已经很发达，生产了大量的商品，需要卖到世界各地去赚钱，商人在英国的势力很大。英国政府奉行的是“仗剑经商”政策——他们想把商品卖到哪里，如果遇到阻力，他们就不惜发动战争，逼迫对方答应他们的要求。当时英国的外交大臣好大喜功，野心很大，很支持派军队“教训”清朝。他提出要清朝赔他们军费，要从清朝割取土地，还要清朝改变从前的通商办法。

英国政府派义律的堂哥懿（yì）律率领舰队到清朝来。1840 年 6 月，英国四十多艘军舰、运输舰赶到珠江口，封锁海面，中英鸦片战争正式爆发了。不过，懿律并不打算在这里打仗。他知道林则徐不好说话，而且中国的一切事情，最后是皇帝说了算。他留下部分舰船封锁海面，却带着另一部分舰队一路北上，打算到天津去吓唬一下清朝的皇帝，那样事情会好办一些。另外，英国外交大臣有一封信要他交给清廷，他认为只有到天津去，这封信才有可能交到清朝皇帝手上。

懿律还打算占领清朝的一个地方，作为舰队的补给基地。他选中的是浙江定海（舟山群岛）。这里北上天津和南下广州，距离都差不多，而且离长江入海口也不远，将来作为经商基地也不错。于是北上途中，他派舰队去攻打定海。

当时清朝根本没想到英国军舰会来，沿海各省，除了广东外都没有备战。守卫定海的士兵很少，武器也没法与英军比，用的都是大刀长矛，再就是很少的老式火绳枪。英国一艘军舰就安装好几十门炮，打得又远又准，清朝士兵只有挨炸的份。水师全是木船，很快被炸沉了，定海城也很快被攻陷了。负责守城的知县投水自杀，定海失陷。

道光皇帝听到定海被英国人攻陷，立即从周围调兵支援定海，让沿海省份备战。要备战就要花钱，道光皇帝最心疼钱，所以特别憎恨林则徐，觉得是他办事不力，惹来了事端，下旨狠狠训斥他。随后又得到英国军舰到了天津海口的消息，更加惊慌失措，立即命令直隶总督琦善到天津与英国人交涉。

琦善也和林则徐一样，是主张禁烟的。当时全国总督中，除了林则徐，禁烟成绩最好的就是他。但道光皇帝派林则徐当钦差大臣，没有派他，他对林则徐又恨又嫉妒。现在英国人跑到天津来，要向清朝皇帝告林则徐的状，他当然不愿帮林则徐。他派了一个叫白含章的随从到大沽与懿律交涉。白含章识字不多，但胆子很大，也很会随机应变。他告诉懿律，英国人有什么冤情，他的主人都可以代为转奏皇帝。懿律把《告中国宰相书》交给白含章说："这是大英国外交大臣巴麦尊爵士给中国宰相的亲笔信，还有翻译的中文。请你们的琦善大人，一定转交给你们的宰相。"

白含章收下了，说："我看你们的兵船也很新鲜，你们能不能让我参观一番？"

没想到懿律立即答应了："好，现在你就可以参观。"

白含章看得很仔细，回到天津，如实报告琦善："英国人的军舰太厉害了，如果与他们开战，我们一定无法取胜。"

再看《致中国宰相书》，信的开头是："大英女王陛下钦命外交大臣巴麦尊，敬告中国皇帝钦命宰相：现因为中国广州官员对英国臣民施加损害，要向皇帝要求赔补和昭雪，英国女王陛下业已调派海陆军队前往中国海岸。"

琦善的亲信说："英国人果然是来告林则徐的状，只要处分了林则徐，就不难打发英国人回去。"

琦善与他的亲信商量，现在不能与英国人打仗，应该与他们和谈；如果和谈成功，就是大功一件。他奏报给道光皇帝，建议先给广东官员一个处分，他就能劝说英国人回到广州。道光皇帝答应了。琦善告诉英国人，皇帝已经处分了林则徐，马上要派钦差到广东给他们申冤，劝他们回广州。因为天快要冷了，北方一封冻轮船就开不走了，懿律同意率舰队返回广东。

道光帝很满意，称赞琦善说："这件事你办得不错，片言只语胜过雄兵十万呢。你比林则徐强多了，我打算派你当钦差到广州去劝说英国人，不要再闹了。英国人无非就是要求通商，再就是要求申冤。你到广州去查清事实，让刑部给林则徐、邓廷桢定个罪，再恢复通商就是了。”

道光帝和琦善都想得很简单，以为撤了林则徐的职，给英国人出了气，再多少赔点银子，英国人就会退兵。可是琦善到广州一听英国人提的条件，就吓坏了。英国人要求赔偿他们六百万两白银兵费，要求割让香港岛，还要改变原来的贸易办法，英国官员与清朝官员平起平坐，等等。琦善知道割让土地道光帝是绝对不允许的，赔款六百万两也根本不可能答应。他就翻来覆去与英国人谈。但英国人没有耐心，就派舰队攻打珠江口的炮台。清朝的炮台虽然经过加固，但根本经不住军舰的猛轰，炮台上的老旧火炮，根本打不到敌舰，结果好几个炮台被丢掉了，清朝军队伤亡惨重。

琦善被逼无奈，再到穿鼻洋上与英国人谈判。英国人的条件仍然十分苛刻，琦善不敢在条约上盖章。懿律却对外宣称，双方已经达成条约，并派兵占领了香港。道光帝得到消息，十分生气，又下令撤了琦善的职，押回北京治罪。道光帝对英国人的态度又强硬起来，派人到广州去主战。但是，中英双方武器差距太大了，清军的装备太落后了，尽管有好多勇敢的官员到前线主战甚至战死，士兵也牺牲了很多，打了一年多仗，清军连连失败。

镇守虎门炮台的广东水师提督关天培一心主战，也很勇敢。他加固了虎门炮台，又在珠江上拉起了铁索用来阻挡英国军舰。但炮

台上的火炮太落后了，打不远，而且不能转变方向。英国军舰停在江中，在清军火炮打不到的地方，轻轻松松向炮台开炮，炮台一个个被轰毁，士兵死伤惨重，开始溃逃。关天培知道打不过敌人，但又不想偷生，结果被敌炮炸死。

英军舰队第二次进攻定海的时候，定海城内城外已经修建了坚固的工事，按清朝当时的武器，很难攻克。镇守定海的三位总兵葛云飞、王锡朋、郑国鸿也都非常勇敢，指挥部队进行了顽强抵抗。但英军发起全面进攻后，不到半天时间，防线就被攻破了。三位总兵在同一天战死，士兵伤亡更是惨重。

英军占领了定海，又去进攻隔海相望的镇海。负责防守镇海的是江苏巡抚兼署两江总督裕谦，是坚定的主战派，而且以为自己一定能够打败英国人。但英国舰队向镇海发动进攻后，镇海城东甬江两岸的炮台很快被攻陷。裕谦在镇海城头指挥战斗，根本看不见敌军，炮弹却在城内城外爆炸。镇海城守不住了，发誓与镇海共存亡的裕谦投水自杀。

英军进攻上海，镇守吴淞口的是江南提督陈化成。他也是个勇敢的将领。但炮台上的火炮既不能升降，也不能转动，远处的敌人打不到，等敌人攻到炮台附近，又无法轰击敌人。他和部下都进行了英勇抵抗，部将大部分战死，士兵伤亡惨重。他受伤多处，最后在炮台上英勇牺牲。

英军一万多人几十艘军舰进攻镇江。当时镇江只有两千多名八旗兵，负责指挥的是副都统海龄。他与部下发誓，要与镇江共存亡。英军用火炮直接轰城，城墙轰塌后开始攻城。英军士兵用的火枪打得又准又远，而守城的清军手里只有大刀、长矛、抬枪和土炮。海龄指挥清军与英军巷战，最后海龄的妻子抱着孩子投火自焚，海龄也投火殉国。守城的两千多八旗兵几乎全部阵亡，非常壮烈。这一仗，英国士兵阵亡不到两百人。

英国人已经占领了广州、厦门、定海、镇海、宁波、镇江等城，接下来，南京就危险了。道光皇帝害怕了，同意在南京与英国人谈判，签订了《南京条约》。

《南京条约》是清朝近代史上的第一个不平等条约，清朝是被逼着签订的。这个条约规定，把香港岛割让给英国，清朝向英国赔款两千一百万银元；开放广州、福州、厦门、宁波、上海五处为通商口岸，允许英国人在这些地方居住，允许英国政府派领事驻扎；清朝进出口关税，清朝海关说了不算，要与英国人商量；废除了只允许十三行与英国人经商的制度，准许英商在清朝自由买卖。

中英鸦片战争，清朝一败再败。除了清政府腐朽、清朝的武备落后外，清政府外交上的"鸵鸟政策"导致信息闭塞，战和不定也是导致失败的重要原因。

师夷长技

中国是世界文明古国，在很长的一段时间里，中华文明领先世界。可这也带来了不好的一面，就是有时候骄傲自满，看不起其他国家。清朝的时候，外国一些先进的知识和产品已经进入了中国，但并未引起大家重视。清朝统治者认为外国都是落后的国家，外国人都是野蛮人，无法与天朝上国比，也懒得去了解世界上其他国家的人和事。就连当时的道光帝也不知道英国在哪里，还曾经以为是葡萄牙的属国。更可笑的是，英国人见了中国的皇帝不下跪，当时就有人认为，他们的腿不能弯曲，所以他们只能在海上称雄，一到了陆地就完蛋了。

林则徐到广州禁烟前，也和大多数官员一样，对英国了解得很少。但他与其他官员不同，他没有小看英国人，也没有把与洋人交往当成丢人的事。为了顺利禁烟，一到广州他就聘请了一批懂外文的人，请他们翻译澳门、广州等外国人办的报纸，以便了解英国及其他国家的情况。比如他让人及时翻译了《澳门新闻纸》，他又亲自加以整理，把报纸上的文章整理为“论中国”“论茶叶”“论禁烟”“论用兵”“论各国夷情”五辑。这对他制订禁烟策略、研究对付英国人的办法起了重要的作用。他邀请外国人参观禁烟的时候，还特意叮嘱一个美国人说：“我现在对介绍各国情况的书籍，以及航海图、地理图都很感兴趣，也非常急需，请你抽空给我搜集推荐一些。”

他了解到有个英国人刚出版了一本《世界地理大全》，介绍世界五大洲的地理、历史沿革，就立即组织人员进行翻译，取名《四洲志》。这本书详细介绍了俄国彼得大帝学习西方，带领俄国很快成为“欧罗巴最雄大国”之事。林则徐很感兴趣，他觉得大清也应该像彼得大帝那样向西方学习。这本书对英国的政府机构记述得特别具体，哪个衙门干什么、怎么办。林则徐大开眼界。

为了研究禁烟的办法和依据，他还让人翻译了《各国律例》。他在写给道光帝的奏折中说，根据英国律例，英国商人到中国来必须遵守中国法律，中国不让买卖的东西，私自买卖也是不允许的。更难能可贵的是，五十五岁的林则徐为了解西方，还亲自学习英文。

外国人对林则徐的好学感到十分惊讶。《澳门新闻纸》就有一篇文章写道：“中国官府全不知道外国的政事，又很少有人告知外国事务，所以中国官府的才智实在可疑。中国至今仍旧不知西边有许多国家已经超越了他们！然而林则徐行事完全与他们相反，他自己专门请了几个最善翻译的本地人，对翻译出的文章他都认真研究，增长了许多知识。林是个聪明的好人，凡有所得，不辞辛苦，记在心中，还注意学会了就用。”

林则徐通过阅读翻译的书籍和报纸，通过与洋人会谈，大量了解了英国侵略扩张的路线，抢占了哪些“属国”和港口，尤其对英国东印度公司的活动、印度鸦片的产地及品种都有详细的了解。他还了解了中国到英国的海上航线，英国经俄罗斯由陆路到中国南疆和西藏的路线。他对英国军队也很感兴趣，知道他们有步兵、骑兵、炮兵等不同兵种。对英国的军舰，他更是千方百计进行了解。他了解到英国装备几十门洋炮的战船，竟然有一百五十多艘，更是感到惊讶。

通过这些学习和研究，林则徐放下了“天朝上国”的架子，承认清朝有许多方面不及英国，尤其旧式的木船更不如英国的炮舰。他在奏折中对道光皇帝说，“英夷”因为船坚炮利而强大，兵船是他们的长技，我们应该学习“英夷”，制炮必求极利，造船必求极坚。如果能做到这样，就可以打败英夷。中国造船铸炮，顶多花费三百万两，就可以“师敌之长技以制敌”。林则徐虽然还称英国人为“英夷”，但实际上他已经承认有些方面应该把英国人当成我们的老师；只有向敌人学习，才能打败敌人。

可惜道光帝怕花钱，不同意购买和仿造船炮。林则徐就自己筹集了点钱，从广州的美国旗昌洋行购买了一艘武装商船，叫“甘米力治”（“剑桥”）号。林则徐给它取名“截杀”号，希望用它来截杀英国兵舰。可是后来林则徐被治罪发配新疆，“截杀”号在英国军舰进攻广州时被炸毁了。

道光帝是个缺乏主见的人，他把鸦片战争的责任归罪到林则徐头上，先是撤职，后来又让他到浙江去帮助备战，他刚到浙江没几

天，又下旨把他发配到新疆。1841 年 7 月，林则徐去新疆的途中，路过镇江，写信给扬州的好友魏源，希望能够见一面。

魏源是湖南邵阳县（今邵阳市）人，在年轻时就很注重研究实用的学问，曾经给两江总督陶澍（shù）当过幕师（俗话说的“师爷”）。林则徐任过江苏按察使、江苏巡抚，与魏源很早就相识。两人许多想法一致，互相都很欣赏。两江总督陶澍去世后，林则徐将魏源推荐给了江苏巡抚兼署两江总督裕谦。魏源跟着裕谦到浙江备战，因对朝廷软弱求和不满，刚辞职回到扬州家中不久，他接到林则徐的信，立即赶往镇江与林则徐会面。

林则徐比魏源大九岁，两人一见面，有说不完的话，一谈谈了大半夜。谈到鸦片之祸，论到朝廷派兵和英国人打，一吃败仗又向英国人求和，一点儿主见也没有，都为国家前途担忧。说到英国人的船炮，两人都觉得中国落后了，应该向英国人学习。

第二天临别时，林则徐说：“现在国家遇到了强敌，战祸不知何时可以结束。可惜大多数人对英国了解得太少；不了解敌人，就谈不到战胜敌人。”他把自己在广东搜集的资料和翻译的书籍交给魏源说，“这些是我在广东时派人翻译的书报，还有我的一些奏稿，特别是《四洲志》这本书，介绍了好多国家的情况。我现在交给你，希望你能费心将它们编辑成书，让大家都能了解英国和其他国家的情况，从中悟出克敌制胜的办法。”

魏源接过林则徐的资料，说：“这真是太好了。这几年我也在研究英国和其他国家，我还编写过一本《英吉利小记》，是根据审讯英国战俘得到的消息编的,内容太简单了。我正愁着没有资料,您的这些资料太宝贵太及时了。您放心好了,我一定尽快编写,争取尽快印出来。”

魏源回到扬州,埋头整理林则徐交给他的资料,又千方百计四处搜集,补充内容。到了第二年,新书编成,共五十卷,内容主要是海外国家的情况,里面又附了大量地图、插图,取名《海国图志》。魏源在序言中说,他之所以编这部书,就是为了“师夷长技以制夷”——希望大家能够学习外国的“长技”,以抵御外国。魏源的想法是从林则徐那里学来的,但他比林则徐更进了一步:林则徐主要强调学习造船造炮;魏源还认为洋人重视工商业,他们的先进技术、好的制度等,都要学习。

为了达到以上的目的,魏源不断搜集资料,丰富《海国图志》的内容。1847 年扩充成六十卷,1852 年又扩充到一百卷,近九十万字。书中征引中外古今近百种资料,系统地介绍了西方各国的地理、历史、政治状况和许多先进科学技术,火轮船、地雷等新式武器的制造和使用。特别是提供了八十幅全新的世界各国地图,对人们重新认识世界很有好处。

魏源希望大家读了《海国图志》,能够很好地了解一下世界局势,学习其他国家长处,然后能战胜他们。可是,清朝当时无论当官的还是老百姓,仍然在做着“天朝上国”的美梦,所以魏源的《海国图志》一书,并没有引起大家的重视,反而遭到了不少人的批评。他们认为洋人的枪炮、科技,不过是奇技淫巧,没什么用处。甚至有人认为魏源赞美“夷人”，简直是汉奸，应当把《海国图志》列为禁书。

《海国图志》后来传到了日本，没想到墙内开花墙外香，受到了日本人的欢迎和重视，一次又一次重印。日本维新思想家吉田松阴说：“《海国图志》这部书中关于战争和外交的内容，都非常有见解，如果清朝都按书中所说的去做，就一定能够战胜英、俄这样的大国。”另一个叫佐久间象山的日本人感叹说：“我和魏源生在不同的国家，虽然互不认识，但称得上是志同道合的朋友。”日本后来学习欧美，进步得很快，许多人认为，《海国图志》这部书帮了他们不小的忙。

中国在鸦片战争中战败了，没有好好总结教训，也没有认真禁止鸦片，鸦片进口越来越严重，老百姓日子越来越难过。但朝廷根本不管他们的死活，一个劲地征收苛捐杂税。日子没法过了，老百姓就要造反了。

太平天国

清朝后期,人口增长很快,农民人均耕地越来越少。官府和地主对农民的剥削却越来越厉害,农民的日子越来越不好过。特别是鸦片战争后,朝廷要赔款,这笔钱最终由老百姓负担。同时,又因为大量进口洋货,许多靠手工生产养家糊口的人家破产了,百姓的生活更加困难,农民抗租、抗粮、抗税的事件越来越多。到了1850年年末,终于爆发了大规模的太平天国起义。

发动这场大起义的核心人物叫洪秀全。

洪秀全是广东花县人,出生在一个普通的农民家庭。他从小认真读书,想通过科举考试获取功名,改变命运。但他科举考试很不顺利,考了好几次,连秀才也没考上。他只好在私塾里当先生,勉强养家糊口。他看不到希望,十分苦恼。

有一年,他得到了一本传教士编的《劝世良言》。这本书劝人信仰基督教,信奉上帝,宣扬人人平等的观念。洪秀全受到很大影响,就创立了拜上帝教(也称拜上帝会)。他砸了家里供奉的孔子牌位,改为供奉上帝。他说自己是奉上帝之命,下凡诛妖——推翻清王朝；凡入教的人，都以兄弟姐妹相称，天下一家，共享太平。他的同学冯云山，首先加入了拜上帝教，也把家里的孔子牌位砸了，改供上帝。两个人一起在家乡传教。

广州是通商口岸，人们的思想比较开化，洪秀全说的奉上帝之命下凡这一套，广州人根本不相信。又因为鸦片战争，广州人对洋教很反感，对洪秀全的拜上帝教更是拒之千里。洪秀全在广西有个表哥，他就带着冯云山到广西投奔表哥。广西比较闭塞，百姓生活更苦，尤其是桂平县紫荆山里大量的烧炭工，很多人参加了拜上帝会。烧炭工领头的人叫杨秀清，出身贫寒，没上过学，不识字，但他很有手段。他假装上帝下凡附在他身上，对矿工们说洪秀全是上帝派来传教的，大家一定要相信他。不识字的烧炭工们信以为真，纷纷入教。杨秀清帮了洪秀全很大的忙，他自己也借此有了很大的影响力，重要时刻他可以借上帝名义行事。

1851 年 1 月 11 日，是洪秀全三十八岁生日。这一天拜上帝会信众纷纷来到桂平县金田村。洪秀全宣布起义，建立太平天国，起义军称为太平军。广西提督向荣派官兵来镇压，连吃败仗。打了半年多，太平军越战越勇，人数也越来越多。后来太平军又占领了永安城（今广西梧州蒙山县），在这里封了五个王，杨秀清为东王、萧朝贵为西王、冯云山为南王、韦昌辉为北王、石达开为翼王，同时还建立了一些制度。太平天国有点国家的样子了。

在永安一带活动了半年多，洪秀全率领太平军向北突围，出广西，入湖南，又沿长江顺流而下。一路上，大量的穷苦百姓纷纷加人，声势更加浩大。太平军势如破竹，朝廷派八旗、绿营去阻挡，根本不是对手。1853 年 1 月 12 日，太平军攻克湖北省会武昌。

在武昌待了很短时间，太平军决定顺江而下，夺取南京。这时候的太平军已经达数十万人，水陆并进，浩浩荡荡，官军望风而逃，几乎没遇到什么抵抗。3 月 19 日，太平军攻克南京，两江总督和江宁将军都被斩首。洪秀全改南京为天京，定为太平天国的首都。又颁布《天朝田亩制度》，说是天下的土地，由天下人耕种，一律按人口分配土地。这一设想得到穷苦百姓的支持。太平军又东征西讨，势力先后发展到广西、湖南、湖北、江西、安徽、江苏、河南、山西、直隶、山东等十几个省，攻克过六百余座城市，鼎盛时曾占据了半壁江山。

八旗和绿营连吃败仗，很不顶用，朝廷就派出大臣到各地办团练。他们从民间招募勇丁，不算是正规军，朝廷也不给他们发粮饷，仅靠自己从民间搜刮钱财。派下来的几个团练大臣，数曾国藩练的湘勇最厉害。

曾国藩是湖南湘乡人，临到地方办团练前是吏部左侍郎。他依靠自己的学生、好友、亲戚在乡村招募勇丁。要求必须是诚恳朴实身强力壮的人，城镇油头滑脑的人一概不用。这些人主要来自湖南（湖南简称“湘”），特别是他的家乡湘乡一带，因此后来被称为湘军。

湘军开始打仗也不行，曾国藩书生带兵也没有经验，第一次与太平军作战就大败。他投水自杀，幸好被人救起。随着湘军加紧训练,又在战斗中积累了经验,打仗就越来越厉害了。因为湘军都是同乡,甚至是兄弟、父子,打起仗来能够互相照应、互相救援,比起八旗、绿营强多了。曾国藩打仗很谨慎,从来不冒进,攻下一个地方,就轻易不再放弃。所以一步一步占领了太平军的地方,成了太平军的主要对手。

太平军定都南京后不久,上层就开始争权夺利。1856 年,东王杨秀清装作上帝附体下凡,命令天王洪秀全封他为“万岁”。洪秀全对此十分憎恨。他知道北王韦昌辉与东王有矛盾,就把韦昌辉召回天京,让他带着部下对东王杨秀清大开杀戒,滥杀一万多人。翼王石达开回到天京,责备韦昌辉杀人太多,韦昌辉又要杀石达开。石达开连忙逃出天京,他的一家老小都被杀了。石达开在安庆召集部下,要到天京讨伐韦昌辉。洪秀全迫于众怒,将韦昌辉处死,把首级送给石达开,让石达开到天京主政。但石达开也得不到洪秀全的信任,主政半年多,负气带着部众出走,转战闽、浙、赣、湘、川等省,虽然牵制大量清军,但太平军力量已被分散,开始走下坡路了。后来出现了干王洪仁玕(gān)、英王陈玉成、忠王李秀成等有能力的部下,曾经两次大破清军的江南大营,又大破江北大营,解除了八旗、绿营对天京的威胁,却没有能挽救太平天国败亡的命运。

1863 年 4 月,石达开在率领部队过大渡河时,因河水突涨被阻,陷入重围,他被俘后不久遭到杀害,部下也全部被杀。这年冬天,湘军已攻陷天京外围的所有防御据点,天京城只有太平门、神策门还与外界相通,内无粮草,外援断绝。李秀成向洪秀全建议放

天

弃天京,突围转战,被洪秀全拒绝。洪秀全安慰大家说:“大家不用担心,我要到天上去找上帝,派天兵天将来救大家。”被围困数月的天京城内已经没有粮食,不久,洪秀全就病死了(也有的说他是自杀)。他死后不久,1864 年 7 月 19 日,天京就失守了。

湘军打了十几年仗,纪律已经非常败坏,从将领到普通士卒都靠打仗发财,每打下一个地方,就默许勇丁抢劫数天。南京是太平天国的都城,传说城内金山银海,湘军憋着一股气要发一笔大财。攻克南京后,湘军肆意抢掠,为了掩盖罪行,放火烧城,烧了六七天才熄灭。百姓死伤惨重,南京元气大伤。

这时候,虽然还有部分太平军在外围作战,但太平天国大势已去。

太平天国曾经给穷苦百姓以希望,也给腐败的清政府沉重的打击,却没能建立起新的国家,改变清朝的命运。这是为什么呢?

原因很多也很复杂。

太平天国信奉上帝,对中国的传统文化一点儿也不尊重,到处毁坏寺庙,砸孔子牌位和塑像,对古籍经书肆意烧毁。比如江南贮藏《四库全书》的三大阁,也就是扬州的文汇阁、镇江的文宗阁和杭州的文澜阁,太平军都放火焚烧。最后只有杭州的文澜阁保存下了半阁书,这引起了读书人的愤恨。太平天国只让供奉上帝,不让供奉祖先牌位,也不让上坟祭祖,这也不符合普通百姓的习惯和想法。

以洪秀全为首的上层领导,十分腐败堕落。定都南京后,洪秀全的后妃就有一百多个，比清朝皇帝的后妃还多。他九岁的儿子封幼天王，配四个幼娘娘。洪秀全封了两千七百多个王，这些王大都是娶十几个、几十个后妃。洪秀全吃饭山珍海味，样样俱全，还要有一帮人奏乐；出门坐百人抬的大轿，奢侈浪费比清朝的皇帝还要过分。上行下效，他封的王也大多学他的样子。他们制定的《天朝田亩制度》和后来洪仁玕撰写的《资政新篇》，说得很好，但根本没做到。太平天国的基层士卒过得很苦，有时甚至连温饱都不能解决。广大太平军下层的士卒百姓，发现享受的只是上层的人，他们很多人都觉得受骗上当了。

洪秀全这样荒唐，甚至许多方面连清朝的皇帝还不如，他又怎么可能建立起一个先进的新国家呢？曾国藩的湘军越来越强大，他又派他的学生李鸿章到安徽招募勇丁。李鸿章招募的勇丁大多来自淮河流域，因此被称为“淮军”。淮军和湘军有很多相同点，上阵父子兵，打仗亲兄弟，也很勇猛。淮军成军后就被派到了上海。李鸿章很快效仿洋人的军队，装备了洋枪洋炮，战斗力比湘军更厉害。

另外，洋人的军队后来也帮着官军打太平军，太平军的对手越来越多了。

洋人的军队不是曾经把清朝的官军打得一败再败吗？他们怎么又帮起官军来了呢？

淀园被焚

洋人军队为什么会与官军合起伙来攻打太平军呢?这事还要从第二次鸦片战争说起。

第一次鸦片战争后,英国获得了很大的利益。但他们贪心不足,要求清朝增开商埠,可随便到清朝各地经商,还想让清朝再降低进口税,让鸦片贸易合法化,等等。而欧洲的另一个大国法国则希望能够自由传教。清朝当然不会答应。英法两国就千方百计找借口开战,逼迫答应他们的要求。

1856 年 10 月,广东水师的士兵登上清朝商船“亚罗”号,逮捕海盗和有嫌疑的水手。这艘清朝商船为了走私方便,曾经在香港英国当局注册,不过已经过期,可以说与英国毫不相干。但是英国驻广州代理领事巴夏礼,致函两广总督叶名琛(chēn),称“亚罗”号是英国船,还说清兵侮辱悬挂在船上的英国国旗,要求送还被捕者,赔礼道歉。叶名琛据理力争,坚持不赔偿、不道歉,只答应放人。英国人就以此为借口,立即派出军舰,攻占虎门口内各炮台,随后炮轰广州城。中英战争再次爆发,史称第二次鸦片战争。

英军炮轰广州城，遭到了中国军民的激烈反抗，香港及附近的百姓也采取晚间袭击以阻断食物蔬菜供应等方式打击敌人。英军只有几条军舰，人数也少，只好撤兵，向国内求援。同时也向法国求助，希望组成联军对付清朝。

这时候，法国也找到了发动战争的借口。法国有个叫马赖的天主教神父，流窜到广西的西林县非法传教好几年，吸收地痞流氓入教，勾结当地官府和土豪，做了很多坏事。老百姓多次告状，官府不敢管。1856 年，西林知县换人，新知县接到老百姓的状子，就派人调查，发现马神父和他的教徒真是作恶多端，就下令将他和不法教徒共二十六人逮捕归案。法国以此为借口，准备派一支远征军到中国来。

英法两国一拍即合，决定联合出兵。1857 年 12 月，五十余艘战舰、一万名英法联军士兵在珠江口集结。美国、俄国公使也赶来与英、法合谋侵华，以便在战争中获得好处。此时，清政府正全力镇压太平天国，腾不出手来对付英法侵略军。当时清朝的皇帝是咸丰帝，他下旨给两广总督叶名琛，要他“息兵为要”，尽量不要开战。叶名琛左右为难，侵略者的要求太过分，他不敢答应；不答应就要开战，又不符合“息兵为要”的圣旨。他既不敢投降，又不敢开战，也未加强防务。结果，英法联军炮击广州，第二天广州城就失守了。叶名琛被俘，被关押到印度的加尔各答。他提出面见英国女王说理，结果被拒绝，后来他就绝食而死。

联军占领了广州，见清政府仍然不答应他们的要求，于是派舰队北上天津。1858 年 4 月,英法联军舰队到达大沽口。英法联军提出两国公使要进北京谈判,为了保证公使的安全,清朝守军要把大沽炮台交给联军。守军不答应,联军派出二十余艘炮舰,一千二百多人登陆进攻。清军并未认真备战,炮台配备的还是老式火炮,固定在木架上,不能升降转动,无法调整射击。木质炮架一遇火就燃烧,大炮坠地,无法再战。结果,两个小时后,大沽炮台就被英法联军占领。清军八千余人全部溃散,损失惨重,炮台全部被毁;英法联军死伤不到百人。

联军乘胜进军天津,清政府被迫派出大学士桂良赴天津谈判,与英、法、俄、美四国分别签订《天津条约》,答应增开通商口岸、修改税则、允许传教、各国公使驻京、赔偿英法兵费六百万两等条件。条约签订后,双方约定联军南撤,详细的通商章程到上海去谈。

《天津条约》是被迫签订的,咸丰帝和不少大臣都不满,命令桂良在上海谈判时,再修改条约。英、法两国不同意,又派军舰到天津威胁朝廷。

1859 年 6 月,英法联军第二次进攻大沽口炮台。这次防守大沽的是蒙古亲王僧格林沁,他让部下用席子把大炮盖起来,做出没有任何准备的样子。等联军轻敌冒进,敌舰驶近炮台进入射程后,僧格林沁命令掀去席子做的伪装,一起向联军军舰开炮。联军措手不及,十三艘舰艇被击沉四艘,重伤六艘,俘虏两艘,毙伤近五百人,英舰队司令何伯也受重伤。这是鸦片战争以来,清军唯一一次重大胜利,负责指挥的僧格林沁名声大噪。

英法联军大败的消息传回国内，两国决定增兵再战。1860 年春，英法联军开始进犯清朝沿海，先后占领了舟山、大连、烟台，封锁了渤海湾。8 月，联军一百多艘舰船、两万多名士兵齐集大沽口外。咸丰帝害怕了，有心议和，命令清军一直撤到通州。英法联军长驱直入，很快占领天津。大学士桂良再次到天津与英法两国谈判，因为联军又提出了新要求，谈判决裂。双方在通州张家湾、八里桥展开激战。联军这时已配备世界上最先进的步枪，火炮发射的是落地开花炸弹；而清军使用的还是大刀、长矛和落后的鸟枪、抬枪，大炮还是发射球形弹丸的老炮，与第一次鸦片战争时相比，几乎没什么进步。僧格林沁的主力是蒙古骑兵，在敌军密集火炮的轰击下，战马受惊，队形混乱，伤亡惨重。三万多清军伤亡过半，也没有抵挡住联军的侵略。

这次战斗后，京津一带的清军主力已经不复存在，北京城已经无兵可守。咸丰帝仓皇率朝廷、后宫逃到热河避暑山庄，留下他的弟弟恭亲王奕訢（xīn）和洋人谈判。咸丰帝和许多大臣都不甘心，恭亲王也担心签订和约留下骂名，谈判进展很慢。眼看北方要进入冬天，一旦沿海封冻，舰船不能航行，联军后勤断绝，将有可能陷入绝境。为了迫使清廷尽快答应谈判条件，1860 年 10 月，英法联军抢劫、焚烧了圆明园。

圆明园是清朝的皇家园林，从康熙末年就开始兴建，后来雍正、乾隆等皇帝又不断扩建，包括圆明园、绮春园、长春园，也称圆明三园，建筑面积比故宫还要多一万多平方米。因为在海淀，又称淀园。

圆明园里古树参天，奇花异草，景色美丽，不仅有精美的中西建筑，还存有大量的珍宝、名画和书籍。英法联军先是抢劫，珍珠、钻石、翡翠、金银、钟表、景泰蓝、珍贵丝绸、青铜文物……能拿走的珍宝全部抢走，不能带走的就砸掉、毁掉。后来又多次放火，烧了好几天。圆明三园仅有二三十座殿宇亭阁幸存，就连万寿山的清漪园、香山的静宜园和玉泉山的静明园也遭到焚毁。当时，英法等国自夸是世界上最文明的国家，称清朝是野蛮国家，他们火烧圆明园的罪恶，证明他们才是不折不扣的强盗。

圆明园被毁，震动了清廷，他们更怕联军进攻北京城，于是由恭亲王为代表，被迫分别与英、法、俄签订了《北京条约》。除了承认《天津条约》的所有条件外，还把九龙半岛割给英国，赔偿英法两国各八百万两白银，将包括库页岛以及海参崴（wǎi）在内约四十万平方公里土地割让给俄罗斯，清朝海关管理权落入英法等国手中，罪恶的鸦片贸易正式合法化……狡猾的美国通过“最惠国待遇”，清政府给予其他国家的特权也“一体均沾”。

英法等国的目的达到，立即向清政府示好，表示愿意帮助平定叛乱。咸丰帝答应了他们的要求。英法等国或派出军队，或卖给武器，或者派人帮助训练清军，联起手来攻打太平军，加速了太平天国的败亡。

英法等国的军队和武器太厉害了，尤其是亲自与英法等国谈判的恭亲王奕訢，认识到必须向洋人国家学习。可是，朝廷中那些思想守旧的大臣，那些反对恭亲王的人，能让他如愿吗？

垂帘听政

恭亲王叫爱新觉罗·奕訢，是道光帝的第六子，聪明好学、能文能武，道光帝曾经动过让他继承皇位的念头。可惜，他没经受住道光皇帝的考验。

恭亲王的老师有一天对他说："皇上身体越来越不好，如果有一天皇上问你如何治理国家，你应当尽你所学，谈出几条好的建议来。"

果然，有一天道光帝召见奕訢，说："咱们大清国面积大、人口多，治理起来很不容易。要是你来治理，你打算怎么办呢？"

奕訢有备而来，侃侃而谈，道光帝不住地点头。但道光帝秘密写下的皇位继承人却不是他，而是他的四哥爱新觉罗·奕詝(zhǔ)。

奕詝被确立为皇位继承人，他的老师杜受田功不可没。杜受田有一天问奕詝："皇上身体不太好，他一定会对皇位继承人进行考查，如果皇上有一天问你如何治国，你该怎么办？"

奕詝说："我已经考虑了好几条，到时候如实面奏。"

杜受田说："要论治国方略，你没法与你六弟比。你应该闭口不谈，你只管磕头痛哭，希望父皇长寿就够了。”

他请教老师其中的原因，杜受田说：“要论能力你和老六不相上下，甚至他还略胜一筹。但我朝以仁孝治天下，先皇对孝看得很重，你把孝心在先皇面前表现出来就行，没必要大谈治国办法。你谈得越多，先皇越会想，好啊，我还没死，你就打算继位了！”

奕詝一想，老师说得太有道理了。他按老师的嘱咐去做了，果然被秘密立为储君。

道光帝也很喜欢老六奕訢，不能让他继承皇位，但也不想让他太吃亏，临死的时候留下遗旨，新皇帝一继位就要封奕訢为亲王。奕詝继承皇位，取年号为咸丰，根据道光帝的遗旨，封奕訢为恭亲王。

咸丰帝的生母死得早，他从小是由恭亲王的母亲抚养，两人从小关系就很密切。可是，一到了竞争皇位，那就顾不上兄弟亲情了。咸丰帝知道恭亲王的能力，处处提防他，不想给他实权。几年前太平军曾经攻打到天津，京城震动，咸丰帝才命令恭亲王负责京城守卫，给了他指挥军队的实权；可是等太平军一撤，就把这些实权又收回了。

咸丰帝最信任的人是爱新觉罗·肃顺。肃顺年轻的时候是个混混，天天牵着恶狗在街面上与痞子混在一起。后来他到刑部当了一个小官，痛改前非，埋头学习大清律法；又加上对京城里的痞子、恶棍都很了解，破起案来十分厉害，结果一路升官，后来得到咸丰帝的信任。他很有眼光，看到旗人只知道吃喝玩乐，建议咸丰帝大胆起用汉臣，曾国藩、胡林翼、左宗棠这些汉人名臣都是在他的提议下被重用的。咸丰帝对他就更信任了，几乎到了言听计从的地步。肃顺虽然不是军机大臣，但军机大臣都听他的，人们私下里说，他简直是太上军机。他的哥哥郑亲王载垣，还有个怡亲王端华，也都对他唯命是从，所以肃顺在朝中的势力很大。

肃顺知道恭亲王能力很强，所以就和咸丰帝一起来提防他。这次留恭亲王在京和谈，就是肃顺的主意。他本来打算恭亲王议和不成再收拾他，没想到恭亲王不但议和成功，还和留京的大臣关系处得非常好，培植起了自己的势力。肃顺对恭亲王就更加提防了，恭亲王想往东，他就鼓动咸丰帝往西，总之不能让恭亲王如意。

比如，恭亲王上奏折对咸丰帝说，如今已经与英法等国签订了和约，那就该按和约办事。可是肃顺暗示地方的总督巡抚们，不要完全按条约办，能拖的就拖一拖。等英法按照条约撤兵后，肃顺就开始撺掇咸丰帝，给恭亲王挑毛病，这样不是那也不好，训斥了他好几次。恭亲王请求到热河行宫面见皇上，想兄弟两人当面说说话，以免越来越生分。可是肃顺从中作梗，不让恭亲王来。恭亲王又请求咸丰帝早日还京，肃顺知道恭亲王在京势力很大，就千方百计劝阻咸丰帝回京。恭亲王知道这一切都是肃顺使坏，对他真是恨透了。

咸丰帝运气不好，刚当上皇帝，洪秀全就在广西起兵造反，打了十年仗，也没有消灭洪秀全。英法两国又闹事，还打进了北京城。咸丰帝越想越窝囊，经常借酒消愁。他又好色，在热河行宫，招了好几个民间女人进宫，结果他的身体越来越差。1861 年 8 月，才当了十年皇帝的咸丰，不到三十岁就死了。

咸丰帝临死时，立他唯一的儿子爱新觉罗·载淳(chún)为帝。载惇当时只有六岁，在肃顺的提议下，咸丰帝指定肃顺和他的亲信共八人为赞襄政务大臣，来处理政务。同时，为了避免赞襄政务大臣专权，又赐给慈安和慈禧两位皇太后各一枚印章，只有她们在圣旨的开头和结尾分别盖章才有效。他认为赞襄政务大臣和两位皇太后互相牵制，政局就能稳固了。

慈安皇太后是咸丰帝的皇后，人老实本分，也没什么野心。可是慈禧皇太后就不一样了，她是新皇帝的生母，人很能干，又热爱权力，野心很大。她对政务经常有自己的见解，这就与肃顺产生了冲突。肃顺就有意为难她，有意把她的待遇弄得比慈安皇太后低一些。结果两人很快闹得势如水火。

慈禧有个妹妹，嫁给了咸丰的七弟醇(chún)郡王。醇郡王与恭亲王关系不错。慈禧就让妹夫醇郡王想办法，与京城的恭亲王联系上，希望联起手来对付肃顺。恭亲王没有被列为赞襄政务大臣，本来就一肚子气，慈禧想联手对付肃顺，他当然求之不得。两人一拍即合。恭亲王以祭奠咸丰帝为由，来到热河，与慈安和慈禧两位皇太后见了面，决定等咸丰帝的灵柩回到北京，就发动政变，推翻赞襄政务八大臣；政变后，两位皇太后垂帘听政，恭亲王辅佐政务。

本来，慈安皇太后还不赞同推翻赞襄政务大臣，可是肃顺他们太不把两位皇太后放在眼里了，有一次在两位皇太后面前大吵大嚷，把小皇帝吓得尿了裤子。“他们真是欺人太甚，眼里哪里还有皇帝？”慈安皇太后见状，也同意收拾赞襄政务大臣。

咸丰帝的灵柩必须运回京城，肃顺把他的亲信分为两拨，一拨陪同两宫皇太后和小皇帝先从小路回京，掌握住京中局势。他本人亲自护送咸丰灵柩走大路，晚一点回京。他认为这样京中有人接应，他手里又有咸丰皇帝的灵柩，就可保万无一失。谁料这样正好给了恭亲王各个击破的机会。两宫皇太后一回到京城，就宣布了赞襄政务大臣的罪状，把回到京城的赞襄政务大臣控制了起来。

恭亲王又派醇郡王亲自带兵去捉肃顺。当时肃顺护送灵柩到了密云，晚上由两个侍妾陪同，刚刚睡下。醇郡王说有圣旨，让他出来接旨。他根本不把醇郡王放在眼里，骂骂咧咧地说：“老七你开什么玩笑？圣旨都是由我来起草，有圣旨我怎么不知道？”醇郡王指挥手下硬闯了进去，在床上把他逮住了，捆得跟粽子一样，押回了京城。

朝廷宣布了赞襄政务大臣的罪状，将肃顺斩首，让郑亲王载垣、怡亲王端华自尽。肃顺虽然被判斩首，但不服气。醇郡王怕他路上乱骂，就给他嘴里塞了花椒木，让他有口难言。他掌权的时候，手段十分严厉，打击了不少人，很多人恨他。一路上被人痛骂，他也无法反驳。其他五大臣或者革职，或者充军，赞襄政务大臣被推翻了。

原来赞襄政务大臣给新皇帝议定的年号是祺祥，现在这个年号也不用了，新取的年号叫“同治”，意思是两宫皇太后与恭亲王同心治理国家。1861 年 12 月 2 日，两宫皇太后在养心殿垂帘听政。所谓垂帘，就是在两宫皇太后面前挂一道帘子，表示她们并不直接办理政务。听政表面的意思是她们只是听听大臣的意见，但实际上，慈禧太后十分贪权，后来她就把实权慢慢抓到自己手上了，和事实上的皇帝差不多。她先后在同治、光绪两朝垂帘听政，接近五十年。开始十几年，她还十分小心谨慎；后来地位稳固了，就蛮横专权、贪图享受，给国家带来了不少灾难。

恭亲王当上军机领班，还被封为议政王，军权、财权、外交权等都掌握在手中。他的亲信以及醇郡王等人，也都得到了提拔和赏赐。他办事很有眼光，只是扳倒了赞襄政务八大臣，对其他的人都没有牵连，尤其是肃顺提拔的曾国藩、左宗棠等这些汉人大臣，还给他们加官授权，让他们死心塌地效忠朝廷。虽然发生了一次政变，但局势和人心很快稳定了下来。

慈禧太后刚开始垂帘听政，没有经验，好多事情都交给恭亲王去办。恭亲王按照他的想法，决心大刀阔斧干一番事业。

大兴洋务

恭亲王奕䜣在与英法等国谈判的过程中,认识到应该有专门的机构负责与外国人打交道,在他的建议下,朝廷成立了“总理各国事务衙门”,简称总理衙门。在他的主持下,总理衙门的权力不断扩大,一切向外国学习、改革自强的新政都由总理衙门掌管。历史上称这次学习洋人的行动叫“洋务运动”,总理衙门就是这一行动的指挥机关。

恭亲王与外国人打交道,最苦恼的就是缺乏翻译人才。他上奏朝廷,建议设立京师同文馆,专门培养外交和翻译人才。1862 年京师同文馆设立,课程开始时只设英文,由英国传教士包尔腾任教习。后来增设法文、德文、俄文、日文,之后教授天文、算学、化学、物理、法律、医学、生理学等,教师主要是高薪聘请的外国人。

中国是数千年文明古国,是天朝上邦,很多人反对向外国人学习,认为外国的技术都是奇技淫巧,根本不能学,也不必学,不然会把人心教坏了。当时大家还是认为只有科举考试才是正途,那些到同文馆学习的人,往往被守旧的人骂为鬼奴、洋奴。同文馆曾经专门招收秀才、举人到馆内学习天文、算学等西方知识，报考的人很少，考上的几十个人，没过几年都重新去参加八股考试了。上海和广州也设立了与同文馆差不多的机构，可惜学习西方科学技术没有在全社会形成风气。

恭亲王知道洋人船坚炮利，清军之所以吃败仗，就是武器不如人。他主政后，立即请洋人帮助练兵，还向洋人国家购买洋枪洋炮装备部队。地方上的湘军和淮军也都向洋人军队学习，尤其是李鸿章的淮军学得最好。

李鸿章是安徽合肥人，是曾国藩的学生。1862 年他招募成立淮军后，立即乘轮船赶到上海，帮助官军抵抗太平军的进攻。当时上海驻有英法等国的军队，也有外国人帮助训练的“常胜军”。他见识了洋枪洋炮的厉害，立即派人设法购买洋枪洋炮，又请洋人帮着训练淮军。两年多的时间，淮军 80%的士兵就用上了洋枪。淮军战斗力很快超过了八旗、绿营，就是湘军也不如淮军厉害了。

洋枪洋炮好是好，就是花钱太多。李鸿章就自己设立兵工厂，派他的两个部下和英国人马格里办了三个小洋炮局。马格里还购买了蒸汽机和制造机器，能生产田鸡炮（迫击炮）、炸弹和子弹。

曾国藩和李鸿章在仿造洋枪洋炮的过程中，都发现了机器的重要性。他们所用的机器都靠从外国购买，价格贵不说，还受制于人。他们就决定购买能造机器的机器，将来根据自己的需要制造机器设备。曾国藩派曾经在美国留学的容闳（hóng）到美国购买来了机器，李鸿章又把他的三个洋炮局的机器也都集中起来，在上海创办

了江南机器制造总局。此后又进行扩建，建成机器厂、汽炉厂、铸钢铁厂、木工厂、熟铁厂、洋枪楼、轮船厂、汽锤厂等，能生产军火、制造轮船，还生产车床、刨床、钻床、汽锤等机器设备。后来直隶、山东等地，也都受江南制造总局的启发，创设自己的机器制造局。

这时候，闽浙总督左宗棠也在福州筹备成立造船厂。他发现外国军舰船坚炮利，对清朝威胁很大；外国的商轮比中国的帆船装货多、跑得快，中国船民生意都被洋轮抢去了。他上奏朝廷，要求在福州马尾建一个船政局，从西方购买机器，不仅要造轮船，还要设立学堂，培养造船、驾船的人才。他的要求被朝廷批准了，但还没来得及兴建，朝廷又调他出任陕甘总督。临行前他劝说在家守制（旧式官员父母去世，要辞官回家守墓）的沈葆桢出任船政大臣，主持福州船政局的建设。船政局建成后，先后造了四十多艘兵舰、商船，对国家海防和造船事业都发挥了重要作用。航政局设立的船政学堂，培养了一大批海军将领和造船技术人员，福建水师、广东水师和北洋水师中不少将领就是毕业于船政学堂。

福州船政局的生产主要是靠官府拨款，管理人员也主要是官府委派的官员，管理落后，花钱很多。到了 1872 年，有人上奏说，福州船政局浪费太厉害，不能再办了。当时反对洋务的人很多，如果船政停办，就会连累到江南机器制造总局、天津机器局、金陵机器局等洋务局厂，都有停办的危险。恭亲王联合直隶总督李鸿章、陕甘总督左宗棠、闽浙总督文煜、福建巡抚王凯泰、船政大臣沈葆桢等人，上奏折反对停办船政局。最后，船政局总算保住了。

船政局是保住了，可是办洋务仅靠官府投钱不行，必须想新的办法。那么钱从哪里来呢？李鸿章上奏朝廷说，往后不能光办军工企业，还必须多办民用工商业，多挣点钱才行。他还说西方国家之所以强大，就是他们工商业发达，那样国家就能收更多的税，钱多了，就能够建起强大的军队。

李鸿章行动很快，1872 年下半年，他就派人在上海成立了轮船招商局。当时，中国沿海和长江上，跑的都是外国的轮船，中国帆船没法与轮船竞争，好多船户因此破产。当时，朝廷的漕粮主要靠帆船从江南运到天津，再转运北京，现在帆船船户破产严重，再不想办法，将来运漕粮也没船了。上海轮船招商局成立后，开辟了沿海及长江航线，与外国轮船公司展开激烈竞争，好几次差点破产，幸运的是最后都挺了过来。中国的航运业，总算没有完全被外国轮船霸占。

轮船是靠蒸汽锅炉产生动力，因此需要烧煤。另外，各机器制造局也需要烧煤，煤炭需求量越来越大。当时国内土煤窑产量低，挖出的煤质量也不好，无论轮船招商局还是各机器制造局，所需要的煤炭都主要靠进口，尤其是从日本商人那里购买的煤炭最多。李鸿章认为，一旦中外发生战事，外国停止煤炭供应，中国的机器制造局和轮船招商局都将停止运行，危险实在太大了。于是他派一个叫唐廷枢的广东人到唐山一带勘探煤矿，打算创办一个靠机器开采的煤矿。1878 年 7 月 24 日，开平矿务局在唐山开平镇正式成立，三年后投产，产量不断增加。1882 年产煤三万八千吨，1898 年就达到

七十三万吨，保证了洋务企业用煤需求。

看开平矿务局赚了不少钱，全国各地都有人开始投资办矿，出现了一批煤炭、金、银、铜、铁、铅、锡开采企业。

开平煤矿产量很高，运煤一开始主要靠一条小运河，一到秋季水浅就无法运煤；到了冬天水面结冰，也无法运煤。唐廷枢在李鸿章的支持下，于1879年修了一条运煤铁路，只有十几里。没想到一些思想守旧的官员纷纷反对，认为火车开动，会震动山陵，牛马会不吃草，母鸡会不下蛋。唐廷枢没有办法，只好改用骡马拉火车。等大家不再议论了，他们又把铁路继续延伸，后来将铁路延伸到了大沽、天津。开平的运煤铁路成为中国铁路建设的起点。

1888年，津沽铁路通车后，李鸿章上奏朝廷，建议将铁路延修到通州。守旧派官员又站出来反对，说："通州离北京太近了，铁路修通，对我们没好处；如果敌人来进攻，火车反而给他们提供方便。"

这时候两广总督张之洞上奏朝廷说："既然铁路修到通州不合适，那么从卢沟桥到汉口之间可修一条铁路。这里离沿海地方远，不会被敌人利用，又能方便中西部的几个省，不但运送货物方便，而且从中西部调兵到北京也方便。"他还提出应当在湖北建一个钢铁厂，自己生产铁轨，往后造铁路就用不着从外国购买铁轨了。

朝廷觉得有道理，就决定修建卢汉铁路，并把张之洞调到武昌出任湖广总督，主持在汉阳创办汉阳铁厂。张之洞用数年时间建成汉阳铁厂，能够炼生铁、熟铁，也能炼钢，生产了大量钢轨。后人又在汉阳铁厂的基础上，成立汉冶萍钢铁联合公司，为我国钢铁工业作出了很大的贡献。

另外，我国的电报业、机器纺织业也都发展了起来。

这期间曾经最让中国人感到自豪的，是创办了北洋海军。北洋海军从福州船政局、江南制造总局购买了部分舰艇，主力战舰都是从英德等国购买，很先进。尤其是定远、镇远两艘铁甲舰，装备了口径三百多毫米的巨炮，被誉为“遍地球第一等之铁甲舰”。1888 年北洋舰队正式成军，实力曾居亚洲第一。

中国想通过洋务运动尽快强大起来，可是哪有那么容易，在这个过程中，不断有国家对中国发动侵略战争。

抬棺出征

一个国家内部变乱，往往会引来外患。太平天国起义、捻(niǎn)军起义和陕西甘肃农民起义后，新疆也乱起来。与新疆相邻的小国浩罕，有一个叫阿古柏的军官，看到新疆混乱，1865 年就带兵侵入新疆，很快占领了新疆大片地方，成立了哲德沙尔汗国。英国和俄国都在打新疆的鬼主意，他们都暗中支持阿古柏，给阿古柏武器，与阿古柏做生意，通过阿古柏之手从新疆获取利益。俄国还趁机侵占了伊犁，并对清朝说，自己只是代中国守护伊犁，等中国收复了被阿古柏占领的地方，他们立即归还伊犁。其实俄国人私下认为，清朝不可能收复新疆了。

不仅俄国人这样想，许多中国人也觉得，新疆那么远，已经羊入虎口，恐怕无法收回了。后来幸亏左宗棠坚决主张派兵收回新疆，打垮了阿古柏，平定了叛乱，收复了这大片国土。

左宗棠是湖南湘阴(今湖南岳阳市湘阴县)人，从小家里就很穷，吃了不少苦。他很好学，二十岁就中了举人，可是后来好几次进京考试，都没有考中进士。他一气之下不再参加科举考试，一边在书院当老师养家糊口，一边专心研究农业、水利、商业、军事等有用的学问。他的学问受到了两江总督陶澍的赏识，两家还结为亲戚，左宗棠的大女儿嫁给了陶澍的儿子。

左宗棠有真才实学的名声，连云贵总督林则徐都听说了。林则徐辞官回家，乘船沿长江东下。到了长沙的时候，林则徐邀请左宗棠登上他的座船，离开喧闹的码头，到岳麓山下找了个清静的地方停船。两人听着波涛声，促膝长谈，谈鸦片战争，谈新疆的乱局，一谈谈了一整夜。林则徐曾被发配新疆四五年，对新疆很了解。他对左宗棠说："将来新疆一定会出乱子，那时候恐怕只有你这样的人才能收拾。"他把自己搜集的关于新疆的大量资料装了满满一大箱子，都赠给了左宗棠，请他好好研究。

后来太平军起义，从广西进了湖南，两任湖南巡抚都请左宗棠到巡抚衙门当幕师。左宗棠有了用武之地，帮着巡抚把湖南治理得很好，成为湘军的大后方。不过他脾气不好，得罪了高官，差点被咸丰帝杀掉，幸亏曾国藩等人救了他，把他要到湘军营中带兵。他很会打仗，几乎是常胜将军，因此官升得很快，几年时间就当上了闽浙总督。他在福州创办船政局，要造轮船、造兵舰。可是刚谋划好，还没开工，因为陕西、甘肃农民起义，朝廷就调他去任陕甘总督。

几年后，陕甘两省恢复了平静。这时，新疆已经被阿古柏占据了快十年，必须赶紧收复！1874 年，左宗棠上奏朝廷，主张立即进军，收复被阿古柏占领的国土。收到左宗棠的请求，朝廷中分成了两派，一派主张朝廷应当加强海上防卫，把钱用在建海军上；一派主张加强陆地边防,支持左宗棠收复新疆。两头都要花钱,但朝廷口袋里的钱太少了!当时反对收复新疆最起劲的是李鸿章,他认为新疆太远,光运输军粮一项就无法完成;而且他认为新疆是一片不毛之地,收复了也没什么用。左宗棠非常生气,他太了解新疆了,怎么能说是不毛之地呢?南疆有富八城,北疆被俄国人占据的伊犁,那可是塞上江南!再说,国家的土地,无论穷富,一尺一寸也不能丢!

朝廷最后听进了左宗棠的建议,同意他收复新疆。1875 年 5 月,朝廷下旨任命左宗棠为钦差大臣督办新疆军务,全权节制三军,出塞收复新疆。他和部下经过认真研究,确定了“先北后南,缓进急战”的战略。先北后南,就是先收复北疆,再收复南疆。这是因为阿古柏的势力主要在南疆,北疆比较薄弱。而且北疆地势较高,收复北疆后往南进攻,居高临下,气势上就让阿古柏胆怯。“缓进急战”,就是一上来不要急于进军,先好好练兵,做好各种准备;大军一旦出发,就要速战速决,尽早获胜收兵。

俗话说,兵马未动,粮草先行。进军新疆,军粮是最大的困难,长途运输困难重重。左宗棠对西北的地形地势很了解,便建立起了四条购买和运输粮食的路线。第一条从甘肃采购军粮,走河西走廊,出嘉峪关,过玉门,运到新疆的哈密;第二条是从包头、归化、宁夏购粮,经蒙古草原运到新疆东部的巴里坤;第三条是在新疆东部就地购买;第四条是向俄国商人购买。他还命令驻军哈密的前锋部队兴修水利,让士兵屯田种粮。

粮食问题总算有了着落,军饷又遇到了很大问题。收复新疆的大军，军饷靠东南沿海各省接济。可是各省总是拖着不给，欠了两千多万两，左宗棠愁得头发都白了。眼看就要发动大战了，没有军饷怎么行！左宗棠就向朝廷上奏，提议向外国商人借钱。朝廷同意了他的建议，允许他借债进军。在收复新疆前后，左宗棠先后借洋债一千三百多万两，又向中国商人借款八百多万两。那些反对左宗棠收复新疆的人，一直拿借洋债这件事攻击他。可是打仗就要花钱，既然朝廷没钱给他，除了借债，也实在没有其他办法。

1876 年 4 月，左宗棠在肃州（今甘肃酒泉）祭旗，正式出兵收复新疆。湘军大将刘锦棠和乌里雅苏台将军金顺兵分两路，先后率军出关，到达哈密会师。8 月，刘锦棠和金顺两军向乌鲁木齐进军，很快攻下了乌鲁木齐外围的古牧地等地方。阿古柏的帮凶吓破了胆，丢下乌鲁木齐向南疆逃跑了。官军兵不血刃收复乌鲁木齐，随后又攻下了玛纳斯（现今新疆维吾尔自治区昌吉回族自治州玛纳斯县）。只用了一个多月的时间，除了伊犁还在俄国人手里外，整个北疆全部被收复了。

新疆冬天来得早，大雪封山，无法进军。大军休整了一个冬天，1877 年 4 月，左宗棠命令金顺驻守乌鲁木齐，刘锦棠率军翻越天山，与其他官军配合，很快收复了达坂城、托克逊城、七克腾木等地。阿古柏逃往焉耆（qí），留下他的小儿子驻守后路。4 月 26 日，刘锦棠收复了吐鲁番。阿古柏自知大势已去，终日痛哭流涕，最后服毒自杀——也有说他是被长子毒死的。阿古柏的长子心狠手辣，阿古柏一死，他又和弟弟争权夺利，杀死了弟弟后，率领残部逃往喀什。

左宗棠坚持收复新疆，中外都不看好，没想到会这样顺利。这时候英国人坐不住了，他们觉得新疆在阿古柏手里，便于控制，对他们才有利。英国驻华公使多次吓唬清廷，一旦有其他国家增援阿古柏，清军要取胜就难了；建议把阿古柏一伙认作中国的藩属国，这样国土没有损失，还省下巨额军费。朝廷闻言，有些动摇了。左宗棠坚决反对，坚持继续进军，全部收复新疆。在他的坚持下，1878 年 1 月，官军向喀什等城猛攻，南疆全部被收复，阿古柏的长子率领残余势力逃往沙俄。左宗棠只用了一年半的时间，除了伊犁外，新疆南北两路都收复了。

左宗棠立即派人与沙俄交涉，让他们兑现诺言，归还伊犁，还要求他们交出叛逃到沙俄的阿古柏残余头目。占据伊犁的俄国人不想把到嘴肥肉吐出来，他们说："这是国与国之间的大事，我们是军人，决定不了。你们得派出使者到我国去谈。"于是朝廷派出崇厚作为全权大使到俄国谈判。八旗子弟崇厚没有多少外交经验，经不住俄国的威逼和利诱，擅自签订条约，损失了大片领土和商务利益。国人都要求杀崇厚，另派谈判代表。朝廷改派曾国藩的儿子曾纪泽到俄国重新谈判。

左宗棠认为，仅靠谈判保护不了国家利益，为了支持曾纪泽，他部署分兵三路向伊犁进军，他本人决定亲自到哈密去坐镇指挥。为了表明收复伊犁的决心，他派人做了一口黑漆棺材，让士兵抬上随他出关。他对将士们说："我们这次出关，非收复伊犁不可。如果不能收复伊犁，这口棺材就是我的葬身之地。"

六十九岁的左宗棠，冒着酷暑横跨戈壁，走了二十多天，行程一千五百余里，于 1880 年 6 月 15 日到达哈密。朝廷担心左宗棠擅自与俄国开战，就把他调回京城。左宗棠能征善战的部下还在新疆，俄国人也不敢轻易开战，这就给曾纪泽的谈判帮了不小的忙。曾纪泽曾是清朝派驻英法等国公使，外交经验丰富，又有新疆大军的支持。1881 年 2 月 24 日，他与俄国代表订立了《中俄伊犁条约》和《陆路通商章程》，虽然还是损失了部分权益，但收回了伊犁九城及特克斯一带。此条约一公布，世界上许多国家都感到不可思议，国外的一家报纸评论说："中国的天才外交官曾纪泽创造了外交史上的一个奇迹，他迫使大俄帝国把已经吞进嘴里的土地又吐了出来，这是俄国立国以来不曾有过的事情。"

大家都不能忘记，曾纪泽收回伊犁有左宗棠的功劳，中国收复新疆一百六十多万平方公里的土地，左宗棠更是功不可没。

新疆收复了，但不久法国又在越南发动战争，还攻进了广西。福建水师也遭到法国水师的进攻，几乎全军覆没。这一次，左宗棠仍然坚决主战，上奏朝廷，要求到福州督师。中法之战两国打了个平手，清朝在水路上吃了败仗，但在陆路上取得镇南关大捷，法国陆军一败涂地。然而，最后两国签订和约，中国的藩属国越南成了法国的殖民地。中国不败而败，左宗棠非常气愤，忧病交加，于 1885 年 9 月 5 日在福州病故。

看到中国南边的藩属国成了法国人的殖民地，中国的东邻日本坐不住了，它要对中国东边的藩属国朝鲜下手了。

百日维新

日本是中国的邻国，和中国一样，近代也受到西方列强的欺侮。它们也像中国搞洋务一样，开始向西方学习。因为当时日本天皇年号明治，史称“明治维新”。日本提出要“脱亚入欧”，方方面面都要向欧洲国家学习，摆脱亚洲国家被欺侮的命运，尽快成为欧洲一样的强国。日本从天皇到朝廷的官员，都一心学习欧美，不像清朝的洋务受到那么多反对。“明治维新”的效果十分明显，日本国力提升很快。

日本在学习西方的过程中，把欧洲国家动不动就侵略别国的毛病也学来了。他们首先侵略的就是中国的台湾和藩属国朝鲜。1874年的时候，他们就侵略过台湾，可是那时候他们的力量还比较弱，没有得逞。当时清朝大多数人都没拿日本当回事，也不相信这个小国能奈何得了中国。日本却是全国上下齐心协力，一门心思加强战争准备。到了1894年，日本借朝鲜内乱挑起中日战争。这一年是农历甲午年，史称“甲午战争”。

战争一开始，清朝从皇上到大部分大臣，都不知道日本海军和陆军都已经超过中国，还把日本当成“蕞(zuì)尔小国”，没有动员全国的力量参战。当时的皇帝是光绪帝，他年轻气盛，以为打败日本并非难事。当时掌握着北洋海军的李鸿章却不想开战，一心求和，也没有认真备战。战争的结果是清军大败，日军登陆辽东半岛和胶东半岛，曾经号称亚洲第一的北洋海军全军覆没。朝廷派李鸿章到日本谈判，被迫签订了《马关条约》，清朝割让辽东半岛(后因俄、德、法三国干涉而未能得逞)、台湾岛及其附属各岛屿、澎湖列岛给日本，赔偿日本两亿两白银，还增开沙市、重庆、苏州、杭州为商埠，并允许各国在通商口岸投资办厂。清朝的藩属国朝鲜被日本控制，不久后成为日本的殖民地。

消息传回国内时，全国的举人正聚集在北京考试。他们听到消息，十分愤怒。举人中有个叫康有为的，是个大学问家。他每次到北京参加考试，都给皇帝上书要求变法。这次他又来考试，正遇到举子们为《马关条约》的事生气，就带头动员了一千多名举人联名上书，要求拒绝条约，迁都再战，变法图强。古代的时候，朝廷曾经派公车接送进京考试的人，因此后来就以“公车”代指进京考试的举人，所以这次举人们向皇帝上书，历史上就称“公车上书”。

当时北洋海军已经全军覆没，陆军也是碰到日军就逃命，举人们要求迁都再战已经办不到。光绪帝不甘心，但实在没有办法，只好一边流眼泪，一边批准了《马关条约》，答应了日本的一切要求。

西方各国看到日本占了那么大便宜，都眼馋得不得了，就像一群狼一样一起扑向中国。德国占据了青岛，把山东当成它的势力范

围；俄国租借了旅顺、大连，把整个东北作为俄国的势力范围；法国强租广州湾，把广东、广西和云南作为他的势力范围；英国已经控制了长江流域，又强租山东威海卫，同时还把手伸向西藏……清朝面临着被瓜分的巨大危险。

康有为和梁启超、严复等维新人士非常着急，他们成立强学会，创办《万国公报》《时务报》《国闻报》等报刊，宣传变法救国。康有为数次上书光绪帝，劝他尽快变法，不然就会国破家亡，皇帝就是想当普通百姓也当不成了。皇帝身边的大臣们，都拿不出自强救国的办法，康有为的上书让光绪帝看到了希望，他要马上召见康有为，听取他的意见。守旧的大臣不愿意变法，就千方百计阻拦光绪帝召见康有为，他们说："皇帝召见这么小的官员，不符合祖宗的制度，还是先让他把想法写出来给皇上看吧。"

康有为就写了《应诏陈言书》，讲了日本、俄国变法的故事，劝说皇帝尽快变法。光绪帝看了很赞同，下决心要变法。但他又担心慈禧太后不同意，就让慈禧太后的亲信传话说："国家太弱了，非变法不可。我知道很多人反对变法，可是我已经下定了决心要变法。如果大家不让我变法，我就退位，不当这个皇帝了。"

慈禧太后是不愿变法的，她听皇上这样说，心里很不高兴。可是，那时候她已经把权力交给光绪帝了，表面上不好反对。她让人捎话给光绪帝："如果变法能够让国家富强，我也不反对，你想变就变吧。"

1898 年 6 月 11 日，光绪帝颁布了"明定国是"诏书，要求大小诸臣、王公以及百姓，都要向西方学习，支持变法。他还亲自召见了康有为，让他出任总理衙门章京，给了他随时给皇上写奏折的权力，让他出主意想办法，帮助朝廷推进变法。

慈禧太后对光绪帝和维新派不放心，在光绪帝召见康有为这一天，派她的亲信荣禄担任了直隶总督，并且要干预二品以上官员的任命。这样北京、天津等地的军政大权，任命官员的实权都掌握在她的手里，光绪帝的实权更小了。

年轻的光绪帝太盼着国家富强了，接二连三下发变法圣旨，有时候一天下发好几份。维新派提出的一些变法措施很好，比如教育方面创办京师大学堂，要求各省会设高等学堂，各府设中学，州县设小学，废除八股取士，学习西方科学知识；经济上主张多设立工厂，支持百姓经商，朝廷设商务局、商会，为经商办企业的人提供方便；军事上主张向西方学习，按照西方的制度训练军队，用新式枪炮装备军队；政治上开放言路，允许普通百姓也能给皇上和朝廷提意见，撤销那些没用的衙门，起用年轻人；等等。

从长远来说，这些办法都很好。可是他们太急躁了，不讲究方法，好事就很难办好。比如，废除八股考试，学习西方科学知识，这是好事。但全国好几百万人一直在读四书五经，一下子不能参加科举考试，他们的出路在哪里？光绪帝和维新派都没去想。结果很多读书人反对，有人扬言要杀康有为。再比如，那些没用的机关、没事干的官员裁撤掉，这也是好事，可一口气撤销了十几个衙门，连同为这些衙门服务的，涉及好几万人，一下没了饭碗，他们的生计怎么办，朝廷也没想办法，这些人当然也是激烈反对。再比如，礼部有一个小官员要上书皇帝，礼部没有转呈，光绪帝一怒之下，就把礼部六个部级官员全部撤职，他们很不服气，就一门心思与变法作对。

维新变法中，皇帝和维新派也不善于争取支持。洋务派是当时思想比较开放的人群，维新派却对他们一再批评。翁同龢（hé）是光绪帝的老师，老成持重，变法前却被光绪帝解除职务赶回老家。李鸿章也是主张变法的，光绪帝却撤掉了他总理衙门大臣的职务。曾经有人问康有为，有人反对变法，怎么办？他说，杀几个一二品大员就行了。这样的说法，实在太草率、太没有经验了。

当然，最重要的是当时社会上守旧的力量还很强大。改革影响到守旧官员的利益，他们就跑到慈禧太后面前告状，有不少人鼓动废掉光绪帝，请太后重新垂帘听政。光绪帝和维新派感到危险正在逼近，维新派就背着光绪帝冒险策划政变，打算囚禁甚至杀死慈禧太后。他们都是年轻书生，手里既无权又无兵。这个计划实在是太冒险了，根本没有成功的可能。

慈禧太后本来就十分贪恋权力，现在有那么多人鼓动她重新垂帘，于 1898 年 9 月 21 日，她发动政变，把光绪帝软禁到西苑的瀛台。随后康有为、梁启超分别逃亡英国、日本，谭嗣同、杨锐、刘光第、林旭、杨深秀、康广仁六人被杀。

谭嗣同本来是有机会逃命的，可是他没有逃。他说："要变法，就要有牺牲，甚至被砍头。我愿为中国变法献出生命，唤起人们变法

的信心。”

变法失败了，所有的变法事项，除京师大学堂(今北京大学)继续开办外，其他的全都作废。这一年是农历的戊戌年，因此，这次变法史称“戊戌变法”，因为变法只维持了一百零三天，又称百日维新。

变法失败后，那些主张维新变法的人都不再敢像从前一样公开主张变法了，顽固守旧的人掌握了朝廷的大权。慈禧太后重新出来掌权，名为“训政”。她还打算废黜光绪皇帝，但遭到一些大臣的反对。英国人认为光绪帝变法有利于他们的利益，也反对废黜光绪帝。本来，英国人和日本人救走了康有为、梁启超，就惹得慈禧太后老大不高兴，现在英国人又反对废黜光绪帝，她对英国等西方国家就更加憎恨了。她恨不得与洋人打一仗，把他们统统赶出中国。但她也知道，与日本一个国家打仗都没能取胜，与西方多个国家打仗更不可能胜利。

她做梦都在盼着，谁能帮她打败西方列强呢！

辛丑条约

清代的时候，山东民间有一些秘密组织，平时练武强身，有时候互相争斗，有时候为百姓打抱不平，也有时候与官府作对。

山东是沿海省份，洋人传教士获准自由传教后，到山东传教的特别多，他们在山东各地建了好多教堂。山东是孔孟之乡，从官员到百姓，都十分尊重孔孟之道等传统文化，正经的人家入教的很少。不少传教士为了发展教徒，就吸引地痞恶棍甚至犯罪的人入教。这些人仗着教会的势力，欺压百姓，做了不少坏事，官府大多不敢得罪传教士，往往是不了了之。受了欺负的老百姓，有冤无处申，有气没地方出，就找民间的秘密组织帮忙，或者加入这些组织与教会对抗。特别是德国人占据了青岛后，传教士和入了洋教的教民更加猖狂，老百姓受欺负更加严重，加入民间秘密组织的人也就越来越多。

这些秘密组织有的叫大刀会，有的称梅花拳。其中有一个人数比较多的叫义和拳。山东巡抚毓(yù)贤很赞赏他们，觉得可以用他们来对付外国人，就下令改名义和团。山东的这些秘密组织都纷纷改称义和团，提出“扶清灭洋”的口号，专门对付教会和教民。他们打仗的时候，先要做法，让神仙附体，说是能够刀枪不入。

外国人见山东义和团发展很快，就逼迫清政府撤了山东巡抚毓贤的职，改派袁世凯出任山东巡抚。袁世凯当时正在天津小站训练北洋新军，对洋枪洋炮很了解，他根本不相信刀枪不入这样的说法。所以他一当上山东巡抚，就宣布义和团为非法组织，限期解散，不解散就派兵去镇压。山东的义和团就离开山东北上，进入了天津及北京周边地方。京津一带本来也有不少秘密组织，此时也都加入义和团。义和团发展得很快，胆子越来越大，甚至发展到烧教堂，杀教民的程度。

这时候，慈禧太后立了端王十几岁的儿子当“大阿哥”，打算让他取代光绪帝，连新年号都想好了。没想到消息传出去，很多人反对，各国驻华公使也都不承认这位“大阿哥”，不同意废黜光绪帝。

洋人反对废黜光绪帝，慈禧太后非常生气。光绪帝不能废黜，端王的儿子就当不上皇帝，端王比慈禧太后更恨洋人。他听说义和团“扶清灭洋”，又能刀枪不入，用来对付洋人不是很好吗？他就一次又一次向慈禧太后推荐义和团。慈禧太后开始也不相信活人能够刀枪不入，就派大臣专门去了解。但派出去的人和端王串通一气，回来报告说，义和团的确可以利用。端王还请义和团大师兄进宫，当面给慈禧太后表演刀枪不入。看了义和团逼真的表演，慈禧太后信以为真，她想，我盼着大清出现对付洋人的人，终于盼来了，义和团刀枪不入，简直是老天要帮我大清啊。于是，她就默许地方利用义和团对付洋人。

端王受到慈禧的信任，得到了很大的权力，他的一帮亲信也都出任了重要职务。他下令让义和团进京，放任他们烧教堂、杀教民、打砸抢烧洋货店。有一些别有用心的人，还把自己的仇家指为教民，借义和团之手杀了。尤其是有些地痞恶棍，趁乱杀人放火，大栅栏一带被烧成一片火海，许多银号、客栈、商店全被烧光了。对端王的所作所为，有不少清醒的大臣反对。在一次大朝时，有位大臣当场批评，认为这将给国家带来战祸。光绪帝也非常明白这一点，他担心放任守旧顽固大臣胡闹，会带来亡国之灾，握着这位大臣的手痛哭流涕。慈禧太后也开始犹豫。

端王很着急，怕慈禧不再废黜光绪帝，他的儿子当不上皇帝了。这时候，德国、美国、英国、法国等组成联军，攻占了大沽炮台，并且扬言要进北京保护使馆。端王就让人编造了假消息，告诉慈禧太后，洋人要她把权力交给光绪帝。慈禧中了端王的诡计，非常生气。1900 年 6 月 21 日，她以光绪帝的名义向各国宣战。这期间，日本驻华使馆人员和德国公使克林德也被清军杀死。一些清醒的大臣反对杀害外交人员，更反对朝廷向这么多国家宣战。端王就怂恿慈禧，杀了五位大臣。

不仅京城中有官员反对向列国开战，东南的封疆大吏们也反对。东南是全国的财富聚集地，江南一乱，国家受损无穷。朝廷向十一国宣战后，两江总督刘坤一、湖广总督张之洞、两广总督李鸿章和闽浙总督许应骙(kuí)、四川总督奎(kuí)俊、山东巡抚袁世凯，在

铁路大臣盛宣怀的策划下，立即和各参战国达成《东南互保章程》九条，双方约定这些地方的各国商民、教士及其财产由地方官负责保护，各国不能向这些地方用兵。

西方列强一直在找借口瓜分中国，借此机会大肆增兵，先是占领天津，然后又向北京进攻。义和团进行了英勇抵抗。但在洋枪洋炮面前，没有人能够刀枪不入，他们死伤惨重，却不能阻挡联军的进攻。8 月 14 日，八国联军攻进北京城，慈禧太后带着光绪帝及大臣仓皇逃走了。

八国联军占据北京城，杀人放火，无恶不作。他们不仅杀义和团，而且随便把老人、孩子指为义和团杀害。他们四处放火，其中在庄亲王府当场烧死一千八百多人。皇宫、西苑和颐和园等处珍藏多年的宝物被抢掠，无论官府、商店还是民家都被抢掠一空。后来他们又继续增兵，占据了京津四周许多地方，四处杀人放火，犯下了滔天罪行。

慈禧太后在逃往西安的路上吃了不少苦头，她后悔向列国开战，为了求和，在逃亡途中就命令官兵对义和团“痛加铲除”。义和团先是被联军杀了很多人，如今官军又向他们开战，不计其数的义和团团民因此丢了性命。但义和团英勇的战斗和视死如归的表现，让外国人看到了中国百姓不屈的反抗精神，也让他们认识到要完全征服中国是不可能的，他们要完全瓜分中国的野心不能不收敛了一些。

两广总督李鸿章被朝廷任命为全权大臣，北上与侵略者谈判。李鸿章知道这次谈判很难，各国一定会提出难以答复的要求，答应这些要求，一定会背上骂名。到了上海他就停下来，不想北上。朝廷又派庆亲王奕劻做他的谈判助手，并一再催促他北上。他只好赶往北京。但各国不急于谈判，而是要求先惩办那些支持义和团、支持向各国开战的“祸首”，尤其是要把慈禧列为祸首，进行惩罚。李鸿章和奕劻为了慈禧不受惩罚，卑躬屈膝，费了好多口舌。慈禧没受惩罚，其他的人就没那么幸运了。最后朝廷下旨把端王发配新疆，和端王一样主张起用义和团、强硬主战的一百五十多名官员，有的被杀，有的流放，有的被革职。各国这才满意，同意谈判。

各国联合提出的议和大纲十分苛刻，而且要求哪一条也不能更改，不然就向山西、河南、陕西等地进攻。李鸿章和奕劻与列国谈了好几个月，到了 1901 年 7 月 9 日，在北京东交民巷西班牙使馆中，与英、美、法、德等十一国公使，签订了《中国与十一国关于赔偿 1900 年动乱的最后协定》。这个条约规定，清廷要派人到德国对克林德公使被杀表示道歉，派人到日本对驻华使馆人员被杀表示道歉；为了侮辱中国人，规定一人赔款一两，当时中国人口四亿五千万，他们就逼中国赔款总额为四亿五千万两白银，本息总额近十亿两；规定在北京建立使馆区，禁止中国百姓在此区域居住，而且允许各国在使馆区驻军，成为"国中之国"；还规定北京到大沽口的所有炮台都要拆毁，允许各国在京津十几处地方驻扎军队。这一年是农历的辛丑年，这个条约史称《辛丑条约》。

李鸿章在谈判期间，身体就不好，尤其屡次受到羞辱，病情加重。签订完《辛丑条约》，各国军队撤出北京，退到海上。然而俄国在东北的军队却不肯撤走。李鸿章这几年一直相信俄国人，把他们当成中国的救星，没想到俄国人提出要掌管整个东北，逼迫李鸿章在协议上签字，否则他们就不撤兵。李鸿章悔恨交加，气得连连吐血，于 1901 年 11 月 7 日在北京病死。

《辛丑条约》的巨额赔款让中国人民背上了沉重的负担，连同甲午战争两亿三千万两的赔款，都要由百姓负担。以慈禧太后为首的腐朽朝廷，先是不负责任地向列国开战，然后回头又下令屠杀义和团，寒了国人的心，老百姓对这个无能的朝廷十分憎恨。东南数省不遵朝廷的圣旨，自行与相关国家定约互保，事后朝廷还对他们进行褒扬。这让许多人认识到，这个朝廷已经不可救药。从前，许多人希望变法救国;现在,更多的人认为,中国要生存,要强大,必须先推翻这个封建专制、腐败无能的朝廷。

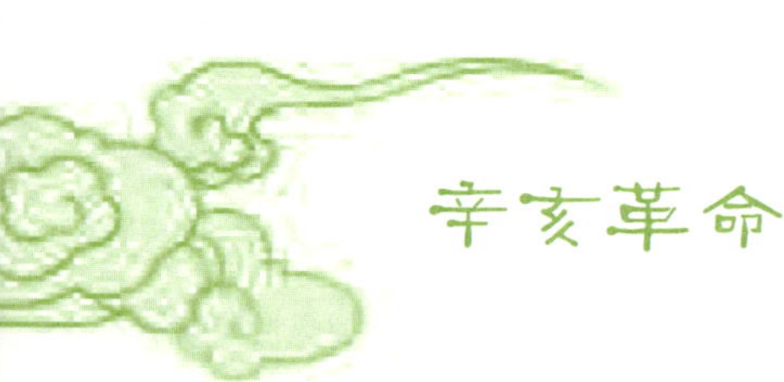

辛亥革命

通过革命推翻封建清王朝，功劳最大的是孙中山。

孙中山是广东香山县（今中山市）人。他父亲曾经在澳门修鞋，小时候他多次去澳门，对那里的繁荣印象很深。青少年时期，他曾经在檀（tán）香山、广州和香港接受西式教育。他认识到，中国要改变命运，必须向西方学习。

开始的时候，孙中山也是希望清政府能通过改变制度，实现国家富强。当时直隶总督李鸿章是思想比较解放的官员，孙中山写了一封信，说明了他学习西方、革新图强的主张，打算呈给李鸿章。1894 年，中日甲午战争前夕，他专门到天津去拜访李鸿章，却在总督行辕发现许多人在为升官行贿，就是把一封信呈到李鸿章面前，也不是那么简单。孙中山改变了看法，他认为依靠这样的政府来变革图强，根本不可能。他下定决心要通过革命来推翻清王朝，建立一个新的国家。

孙中山放弃了进京的想法，他从天津南下，到檀香山创立了兴中会，取“振兴中华”之意，作为他进行革命的组织。随后，他又在香港成立了兴中会。1895 年 10 月，兴中会密谋在广州发动起义，因为有人告密导致起义失败。为躲避清政府的通缉，孙中山流亡海外。在海外，他详细考察欧美各国的政治、经济状况，思考如何通过革命建立一个新的国家。他还与欧洲的中国留学生交朋友，在他们中间建立革命团体。

当时，像孙中山一样建革命团体的还有其他人。孙中山觉得，大家目标一致，应该联合起来。1905 年 8 月，他与黄兴联合兴中会、华兴会等革命团体，在日本东京创建了中国同盟会，他被推举为总理。为了发动更多的人参加革命，他派人回到国内发展组织、宣传革命。他在各地奔波，一边宣传革命，一边为革命募集

资金。革命党人发动了多次起义,有时候孙中山还亲自参加。虽然这些起义都失败了,但在中国产生了很大的影响。越来越多的人认识到,要救国,必须推翻封建清政府。

1911年4月27日,中国同盟会发动第十次武装起义——广州起义,黄兴率一百三十余名敢死队员直扑两广总督署,两广总督仓皇逃走。起义军原计划四路同时进攻,但另外三路因故都未能响应。黄兴率孤军浴血奋战一夜,最后因寡不敌众而失败。黄兴负伤撤回香港,另有八十六名同志牺牲。官府下了命令,不许为牺牲的人收尸。中国同盟会有个叫潘达微的会员,不顾当局的禁令,以《平民日报》记者的公开身份,组织了一百多人把七十二位烈士的遗骨收殓,安葬在广州郊外的黄花岗,史称黄花岗七十二烈士。黄花岗起义虽然失败了,但革命者舍生忘死的英勇气概震动全国,为全国性革命制造了舆论,奠定了基础。

这一年的5月,清政府推行干线铁路国有计划,把已经归商人集股兴办的粤汉、川汉铁路收归国有。中国铁路大部分是借洋债修筑的,但借给洋债的国家乘机把铁路的经营权、沿路的采矿权都夺了去,给中国造成很大损失。几年来,广东、湖南、湖北、四川的商人和百姓筹措资金,积极争取,把粤汉、川汉铁路收回来自己修筑。川汉路宜昌至万县段已经动工,粤汉路也开始修筑。现在朝廷却忽然又要收归国有,而且不退还商人和百姓筹集的资金,只发给铁路股票。消息一传出,广东、湖南、湖北、四川各省人民激烈反对。尤其是四川,反对最为激烈。四川工商业不发达,为了修铁路,强制土地稍多的农户，每年拿粮食入股修铁路。如今朝廷把铁路收回，损害了百姓的切身利益。四川成立了保路同志会，入股筑路的农民纷纷入会，参加的人达几十万。他们发起抗粮抗捐和保路斗争，遭到官府武力镇压，被打死打伤几百人。

中国同盟会看到时机来临，发动保路同志会起义，四川各地纷纷响应。朝廷很着急，就派督办粤汉、川汉铁路大臣端方，带湖北新军到四川去镇压起义。端方带走一部分湖北新军，武昌驻军兵力少了一大半，新军中的革命党人决定乘机发动起义。

湖北新军是由前湖广总督张之洞创办的，将领多选自武备学堂学生和从日本回国的军事留学生，士兵大部分从民间招募。湖北的革命党在新军中发展了很多成员，如今机会来临，同盟会一推动，革命党人二话不说，决定发动新军起义，还邀请同盟会的黄兴、宋教仁等人前来领导。本来，他们决定的起义时间是 10 月 16 日，然而，革命党人在秘密制造炸弹的时候，不小心引发了爆炸，引来了俄国巡捕。革命党人的名册、起义文告、旗帜等被搜去。湖广总督下令关闭四城，按照名册四处搜捕革命党人。革命党人万分危险，为了减少损失，决定提前发动起义。

1911 年 10 月 10 日晚，新军工程第八营首先起义，夺取了楚望台军械所，缴获步枪几万支，炮几十门，子弹几十万发。此时，驻守武昌城外的新军也在革命党人带领下发动了起义，赶到楚望台集合，起义人数达到三千多人。起义军分三路进攻湖广总督府和湖北新军司令部，炮兵也向总督府开炮。湖广总督从后院墙打了个洞钻出去，从长江上坐船仓皇逃走；湖北新军头目也在天亮后逃离武昌。革命党人又占据了汉阳和汉口，武汉三镇全部由革命军掌控。他们成立了湖北军政府，原湖北新军的协统黎元洪被推举为都督，改国号为中华民国，并号召各省民众起义响应。

武昌起义激励了各地革命党人的士气，他们纷纷响应，不到两个月时间，湖南、广东等十几个省宣布独立。这一年是农历的辛亥年，因此这次革命史称“辛亥革命”。

仓促爆发的武昌起义，是在下层军官的指挥下取得的胜利，缺乏真正的领袖人物。当时孙中山在美国，黄兴在香港，湖北军政府推出的都督黎元洪，是旧军队的协统，他几乎是在被逼迫的情况下出任的都督。革命党人都盼着孙中山回国领导革命。

孙中山回国需要时间。清政府得到武昌起义的消息，立即派最精锐的北洋军南下与革命军作战。

北洋军是袁世凯在天津小站亲自训练出来的新式军队，里面说了算的军官大多是他的亲信。北洋军除了袁世凯，谁指挥也不灵。可是几年前，袁世凯受到政敌的排挤，差点丢了性命，只得回老家隐居。现在需要北洋军作战，朝廷只好请袁世凯出山带兵。袁世凯趁机与朝廷讲条件，要他出山必须给充足的军饷，必须把北洋军交给他全权指挥，必须让他当清廷的内阁总理大臣。清廷急于救命，只好答应他。

得到朝廷的许诺，袁世凯命令北洋军立即向汉口进攻，他还亲自赶到湖北萧家港，就近指挥战斗。北洋军很有战斗力，很快就占领了汉口，但袁世凯命令北洋军停止进攻。他的手下不明白，问道："我们乘胜进攻，不难消灭武汉三镇的叛军，大帅为何下令停止进攻？"

袁世凯说："消灭叛军不难。可是叛军被消灭了，就该轮到朝廷收拾我们了，我才不那么傻。我们留着叛军，朝廷就要看我们的脸色；叛军知道我们北洋军的厉害，也得乖乖地和我们商量。谁给我们的好处多，我们就帮助谁，这样不是更好吗？"

此时，孙中山已经回到上海，受到了热烈欢迎，很快就当选了中华民国临时大总统，1912 年 1 月 1 日正式就任。袁世凯指示他的亲信将领发电，誓死反对共和，有意给民国政府施加压力。当时，新成立的民国政府面临着很多困难，如果袁世凯指挥北洋军向革命军进攻，革命将遇到很多危险。为了尽快推翻清政府，孙中山明确表示，只要袁世凯帮助促成清朝皇帝退位，他将把临时大总统一职让给袁世凯。袁世凯得到这个保证后，立即买通庆亲王奕劻和一些大臣，对隆裕太后说："如今大势已去，如果革命军杀到北京，皇室难保，那可就太惨了。如果同意让位，革命党答应给优待条件，皇帝和太后还可以继续住在宫里。"

光绪皇帝已经在三年多前驾崩了，如今的宣统皇帝还是个孩子，朝廷当家的是隆裕皇太后。要想让皇帝退位，必须得让隆裕皇太后点头才行。

对这些人，袁世凯威逼利诱，什么手段都使得出。

1912 年 2 月 12 日，隆裕皇太后带着六岁的宣统皇帝溥仪，在养

心殿举行最后一次朝见仪式，正式颁布退位诏书。中国历史上最后一个封建王朝清朝退出历史舞台，中国的封建社会也正式结束了。

中华民国虽然建立了，但中国的命运没有发生根本变化，中国人民头上仍然压着帝国主义、封建主义和官僚资本主义三座大山。直到 1949 年 10 月 1 日，毛泽东主席在天安门城楼上宣布，中华人民共和国中央人民政府今天正式成立了，一个崭新的中国才开始屹立在世界的东方。